Herzlichst

Ingeborg Krasdl

Okt. 2015

Ingeborg Kraschl

Die Meistergeige

Eine Kriminalgeschichte

arovell verlag gosau salzburg wien

Ingeborg Kraschl, Die Meistergeige, Kriminalgeschichte,
ISBN 9783902808738 Buchnummer g873
arovell verlag gosau salzburg wien 2014
www.arovell.at © arovell verlag

Alle Rechte vorbehalten. Kein Teil des Werks darf in irgendeiner Form (Druck, Fotokopie, Mikrofilm oder in einem anderen Verfahren) ohne schriftliche Genehmigung des Verlags reproduziert oder unter Verwendung elektronischer Systeme verarbeitet, vervielfältigt oder verbreitet werden.

Grafik, Umschlag- und Buchgestaltung,
Satz: Paul Jaeg. Autorenfoto:
Die Rechte liegen bei der abgebildeten Person.
Auslieferung, Bestellung und Verlag:
arovell@arovell.at
Zusendung portofrei (Zahlschein)! www.arovell.at
Preis/Ladenpreis 12,90

Die Arovellbücher werden vom Bundesministerium für Unterricht, Kunst und Kultur, von den Landeskulturämtern und von den Gemeinden gefördert.

Die Meistergeige

Wie ein Fels
trägt mich die Welle
legt sich
über meinen Atem
streift den Schlaf
mit einem Blick
und schwemmt mich
an ein längst
vergessenes Ufer

einen fremden Kranz
im Haar
liegst du im Schatten
eines blühenden Baumes

vergrabe deinen Himmel
wenn ich komme
tief

Erster Teil

Kristallglas zerbricht

1

Nun ist er schon drei Wochen fort. Sie weiß nicht, wie lange sie noch hier im Haus bleibt. Sie wäre schon abgefahren und in die Stadt zurückgekehrt, wenn sie irgendein Lebenszeichen von ihm erhalten hätte. Ihr Blick verliert sich in der Landschaft und sucht die Bilder, die immer wieder ihre Erinnerung beleben.
Ein heißer, schwüler Abend in Triest. Im Teátro Verdi herrscht Hochbetrieb. Kein Platz bleibt unbesetzt. Francesco Sonari spielt schon die zweite Zugabe, Paganinis Capriccen. Die Zuhörer sind begeistert. Ein stürmischer Applaus, der nicht nur dem Geiger gilt, auch seinem phantastischen Instrument, der Guarneri del Gesù. Paganinis Geige. Ein Beifall, der ein rauschendes Echo nach sich zieht. Francesco Sonari betritt eiligst das Künstlerzimmer, um seine Geige vor der Menschenmenge zu schützen. Viele folgen ihm und erwarten ein Autogramm. Er kommt den Menschen entgegen und versucht dabei, das Instrument im Blick zu behalten. Endlich alleine, wechselt er die

Kleidung, öffnet nochmals den Geigenkasten, um alles zu überprüfen, Instrument, Noten, Bögen. Aber – wie ist das möglich? Francesco erblasst – hier liegt nicht mehr seine Geige, sondern ein nachgebautes Modell! Er entdeckt einen Brief an der Seite des Geigenkastens, er öffnet ihn nervös und liest den Satz: „Du weißt, was wir abgemacht haben!" J. R. – Francesco verspürt leichten Schwindel. Diese Geige war nur geborgt! Aus dem Paganini-Museum in Genua. Eine besondere Auszeichnung, darauf spielen zu dürfen, und jetzt ist sie weg! Ihm bleibt nichts anderes übrig, als es den Verantwortlichen und dem Konzertveranstalter zu melden. Aber es wird ihm nicht ganz geglaubt. Alle schütteln verständnislos den Kopf, sonst nichts. Keinem fällt etwas dazu ein. Die Polizei wird eingeschaltet, Francesco wird unter Beobachtung gestellt. Seine Unschuld zu beweisen, würde noch dauern. Die Medien gestalten aus diesem Geschehen einen Fall und stellen Francesco in ein schlechtes Licht.

Francesco will seiner inneren Unruhe entkommen, auf dem Land, in seiner kleinen Villa. Liebevoll und einfühlsam bemüht sie sich zu sein, Angela, seine Frau. Obwohl sie das Landleben für längere Zeit nicht ertragen kann. Ihr Gemüt sehnt

sich nach Abwechslung, den lauen Sommernächten auf der Piazza, manchmal einem kleinen Flirt.
So vergehen die Tage mit einer erzwungenen Harmonie. Francesco unternimmt lange Spaziergänge, sie arbeitet im Haus, malt ihre Bilder, um wenigstens geistigen Abenteuern zu folgen.

Eines Tages bleibt er fort, Francesco, kommt nicht zurück. Sie wartet, es wird dunkel, die halbe, die ganze Nacht, die Tage danach, Wochen, schon drei, kein Francesco. Die Polizei weiß nichts.

Warum ist er verschwunden? Ist er fortgegangen? Oder hat ihn jemand entführt?

Erpresser, die ihn für bestimmte Zwecke zurückhalten? Ja, das vielleicht. Aber wer könnte das sein? Giorgio Marcelli? Oder die junge Geigerin, wie war doch ihr Name? Immer standen sie im Schatten von Francesco. Auch sie hätten gerne auf der berühmten Guarneri gespielt. Giorgio hat schon öfter ihrem Mann geschadet, mit schlechter Nachrede. Aber wäre das nicht für ihn selbst zu viel Risiko? Und die Entführung? Vielleicht Vertraute von Giorgio? Oder doch – die Mafia? Ihr läuft es kalt über den Rücken. Da wäre Francesco in großer Gefahr! Sie versucht, das der Polizei

klarzumachen. Diese täten alles, was sie könnten. Daran hätten sie schon lange gedacht.
Angela zählt bereits die Stunden, die sie hier verbringt. Sie will fort. Wieder ist ein Tag vorüber, hoffentlich der letzte, denkt sie immer wieder. Sie will nicht mehr wie eine Gefangene leben. Nein. Sie hält es nicht mehr aus.

Am nächsten Morgen packt sie, lädt alles ins Auto und fährt los. Nicht lange, wird sie verfolgt, von einem weißen Mercedes. Schweißgebadet erreicht sie Triest. Sie fährt in die Wohnung. Dort lässt sie zuerst die milde Meeresluft in die Räume, atmet tief durch und möchte am liebsten die ganze Stadt einsaugen. Kein Landleben mehr, nein, niemand bringt sie für längere Zeit mehr dorthin. Sie legt Musik auf, macht es sich gemütlich und schmiedet Pläne. Soll sie einen Detektiv einschalten?
Plötzlich läutet das Telefon. Ihr Mann. „Angela, du musst sofort zum Haus kommen, ich bin zurück, muss mit dir sprechen. Es ist sehr wichtig! Ich weiß nicht, ob ich bleiben kann… Ich will jetzt nicht mehr sagen. Keine Polizei!" Plötzlich ist das Gespräch unterbrochen.
Angela bekommt Angst. Sie soll wieder zurückfahren, nein!! Aber dann nicht alleine. Sie ruft Rechtsanwalt Giorgio Morricone an, einen guten

Freund. Sie wird ihn fragen. Sie benötige einen Vertrauensmann. Eine Stunde später läutet er. Sie könne mit ihm fahren. Es wäre sicherer. Sie ist einverstanden und läuft mit ihm erleichtert die Stiegen zum Auto hinunter. Er führt sie um die Ecke zu seinem Wagen. Sie zögert. Ein weißer Mercedes. Derselbe Wagen von gestern. Ihr wird heiß. Dennoch steigt sie ein.

2

Giorgio öffnet ihr sehr galant die Autotür. Dann setzt er sich in den Wagen, startet, zieht seine Pfeife aus der Tasche, stopft sie, zündet sie an. Ein angenehmer Duft im Auto nimmt Angela ein wenig die Angst. Er scheint es zu genießen, mit einer so schönen Frau wie Angela alleine im Auto zu sitzen, er, der sie immer schon ein wenig verehrte, trotzdem die Gelassenheit in Person. Angelas Angst lässt sich kaum verbergen, hat sie doch das Gefühl, dass Giorgio mit der Sache etwas zu tun haben könnte. Obwohl er immer ihr bester Anwalt und Freund war und sie ihm bis jetzt völlig vertraute.
Giorgio schweigt und pafft vor sich hin, wie es Pfeifenraucher häufig tun. Es läge an ihr, eine Unterhaltung in Gang zu bringen, jedoch ein Druck

auf ihrer Stimme hindert sie daran. Einige Male versiegen ihre Worte im Ansatz, so entscheidet sie sich zu schweigen. Giorgio schaltet das Radio ein und flotte Tanzmusik schiebt sich zwischen eine unangenehme Spannung. Angela beobachtet sehr genau die Route, die er einschlägt. Noch ist er auf der richtigen Strecke. „Hast du einen Verdacht?", fragt er schließlich Angela. Sie schüttelt den Kopf und langsam lösen sich einige Worte aus ihrem Mund: „Ich wüsste nicht, wer uns schaden will. Vielleicht jemand, der Francesco beneidet? Aber wer inszeniert schon so eine Geschichte? Das scheint für einen Einzeltäter viel zu spektakulär." Die Angst weicht immer mehr von Angela, sie fasst wieder ein wenig Vertrauen zu Giorgio, auch wenn sie in einem weißen Mercedes sitzt. „Seit wann fährst du einen weißen Mercedes?", fragt Angela irritiert? „Mein neues Auto, seit sechs Wochen. Gefällt es dir?"

Giorgio zeigt seine Freude über die neue Errungenschaft mit einem breiten Lächeln. „Ja, natürlich, antwortet Angela und überlegt, dass das mit dem weißen Mercedes vielleicht auch gar nichts zu bedeuten hätte.

Die Straße wird einsamer, sie führt über eine Brücke in eine Weite mit Wiesen und Feldern.

Dort hinten – das weiß Angela genau – steht ihre kleine Villa. Ein kurzer Weg liegt noch vor ihnen, wenig Zeit, um sich vorzustellen, dass Francesco im Haus sein könnte. Wie es ihm wohl gehe? Die Leichtigkeit, die sich ihrer vorher ein wenig bemächtigt hat, löst sich in Anbetracht des zu Erwartenden schnell wieder auf. Wie gelähmt sitzt sie im großen Wagen, als dieser endlich vor dem Haus anhält.

Sie benötigt einige Zeit, um auszusteigen. Ihre Bewegungen erfolgen langsam, Befangenheit hemmt den natürlichen Schwung. Wo ist Francesco? Sicherlich im Haus, er muss sich ja schützen. „Warte hier Giorgio, oder kommst du mit herein? Er zögert nicht, ihr zu folgen. Er macht nicht den Eindruck, irgendetwas zu befürchten. Angela geht voraus, die Tür ist versperrt. Sie schließt auf. Stille. Kein Laut. Kein offenes Fenster, Niemand. „Francescoooo! Bist du irgendwo? Wo?"

Stille. Keine Antwort. Nichts. Angela läuft durch das Haus. Überallhin. Keine Ecke übersieht sie, aber nichts. Kein Francesco. Wieder kein Francesco. Angelas Angst bestätigt sich wieder. Irgendetwas scheint sie in eine Falle zu locken. Giorgio vielleicht?

„Trinkst du mit mir Kaffee? Wir werden einige Zeit warten, dann fahre ich mit dir wieder zurück."
„Gut, ich nehme an. Kaffee haben wir uns nach dieser Fahrt verdient.
Aber willst du wirklich zurückfahren? Vielleicht kommt Francesco später?"
„Ja nur, wenn du auch wartest, alleine bleibe ich nicht hier."
„Nein, nein, das geht nicht, ich habe heute Abend noch eine wichtige Verabredung."
Angela geht in die Küche, um Kaffee vorzubereiten. Giorgio wartet vor dem Haus. Wieder raucht er seine Pfeife. Plötzlich vernimmt sie einen Motorenlärm. Sie läuft zum Fenster und sieht sein Auto wegfahren. Er fährt! Wie kann er nur! Er hat etwas damit zu tun!
Angela trinkt verzweifelt eine Tasse Kaffee, der Motorenlärm kehrt zurück. Eine Autotür schlägt zu, Giorgio tritt ein.
„Hab´ ich dir jetzt einen Schrecken zugefügt?"
„Ja, das hast du. Warum fuhrst du weg?"
„Ich bildete mir ein, am Waldrand jemanden gesehen zu haben, aber es muss eine Täuschung gewesen sein. Niemand war dort."
„Eigenartig, dass du dort jemanden vermutet hast", antwortet Angela, schon ein wenig geistes-

abwesend, überlegend, wer das wirklich sein könnte, außer Francesco natürlich.

Der Kaffee ist bald getrunken, das Haus wieder abgesperrt und Angela verlässt gemeinsam mit Giorgio den verlassenen Ort. Die Fahrt zurück verläuft schnell und wiederum ziemlich schweigsam, enttäuscht, dass sich nichts ergeben hat, alles nur noch undurchsichtiger zu werden scheint. Giorgio bringt sie bis vor die Haustür. „Wenn du Hilfe benötigst, ich bin – wenn es die Zeit erlaubt – immer für dich da", ruft er ihr noch nach. Sie winkt wohlwollend und drückt die schwere Klinke des Vorhauses auf.

Der erste Weg zu Hause führt sie zu ihrem Laptop. Die E-Mails hat sie heute noch nicht kontrolliert. Sie ist völlig überrascht - Francesco hat geschrieben: *Liebe Angela, mach dir keine Sorgen, ich verfolge eine Spur, in Liebe, Francesco.*

3

Angela ruft verzweifelt ihre Mutter an. Bei ihr holt sie sich manchmal Trost. „Komm mich doch besuchen, setz dich ins Auto, ich werde schon einen Rat für dich finden."

Angela lässt sich überzeugen, nach Bozen zu fahren, um dort bei ihrer Mutter einige Tage zu verbringen. Sie packt das Wichtigste in ihren kleinen Lancia und lässt die Stadt Triest hinter sich.

Mit Freude erwartet sie den großen Garten zu Hause, Mutters guten Nachmittagskaffee und ihre Teilnahme. Der Bestimmtheit ihrer Mutter begegnet sie immer mit Zurückhaltung, in manchen Situationen aber beneidet sie diese um ihre Entscheidungskraft. Eine herrschaftliche Frau, ihre Mutter, schon der Name Regina trifft ihre Persönlichkeit. Eine energische und lebensbejahende Witwe seit vielen Jahren, die ihrem Namen noch immer Ehre verleiht.
Wie es wohl ihrer Schwester gehe? Eine reiche Geschäftsfrau, die ein wenig mit Verachtung auf Menschen blickt, die Bilder malen oder mit Kunst das Leben bewältigen.
Ihr Leistungsbegriff ist nicht der Angelas. Schon gar nicht ihre Lebensgestaltung, die nur aus Abwechslungen jeder Art besteht. Wie schön war doch ihre gemeinsame Kindheit!
Angela sinkt hinter ihrem Steuer immer mehr zusammen. Ihr Rücken krümmt sich bei all diesen Gedanken mehr nach vorne, nichts scheint ihn mehr zu stützen. Die Hoffnungslosigkeit ihrer

momentanen Situation setzt sich wie ein Fieber in ihrem Körper fest. Angela fährt wie in Trance. Ihr sonst heiteres Wesen umgibt sich mit der Hülle einer sorgenvollen, verlassenen und einsamen Frau.
Der Weg nach Bozen verlangt von Angela keine besonders große Konzentration, zu oft fuhr sie früher diese Strecke. Die gesamte Fahrt wird sie von beunruhigenden Einfällen beherrscht, sodass sie beinahe überrascht reagiert, als plötzlich das Schild mit der Aufschrift Bozen vor ihr auftaucht. Ist sie so schnell gefahren?

Das Haus ihrer Mutter liegt auf einer Anhöhe. Nicht weit nach dem Ortsschild biegt sie nach rechts ab und eine kurvenreiche Straße führt sie an einem Wald entlang bis zu ihrem Zuhause. Die Mutter sitzt schon im Garten und erwartet sie. Angela stellt ihr Auto bedächtig ab, läuft ihr dann aber freudig entgegen.
Der Tisch ist gedeckt und Angela fügt sich mit großer Erwartung in die mütterliche Geborgenheit. Die Worte Angelas überschlagen sich und erfüllen einem Springbrunnen gleich den Ort der beiden Frauen. Die Mutter schweigt geduldig, sie muss sich zuerst ein Bild machen, um irgendetwas beurteilen zu können. Wer könnte an dem Un-

glück schuld sein? Hat Francesco Feinde oder steht ihm jemand im Weg? Vielleicht seine Frau?
„Was redest du, Mutter, wir sind sehr glücklich verheiratet."
„Ich rate dir, Geduld zu haben. Es wird sich alles klären. Manchmal brauchen die Dinge nur Zeit."
„Ja Zeit, Zeit! Die Zeit ertrage ich weder zu Hause in Triest noch in unserer kleinen Villa am Land. Die Möglichkeit, dass Francesco plötzlich doch erscheint oder eine schreckliche Nachricht eintrifft, versetzt mich in eine ständige Unruhe. Ich kann keinen Strich malen und sollte doch meine Aufträge bald erfüllen."
„Dann geh zu einem andern Ort, einem, wo du dich sicher und frei fühlst. Fahre doch auf unsere Hütte. Eine Stunde von hier. Versuche dort Ruhe zu finden, wenn möglich, unternimm einige Wanderungen, die dich ablenken und dir Kraft für dein Malen geben. Inzwischen arbeitet die Zeit für dich. Wenn du Hilfe brauchst, ich bin immer für dich da."
„Nein, nein, nicht schon wieder aufs Land, ich habe genug davon! Ich will eigentlich unter Menschen, die mich ablenken, die meinen Kummer mit mir teilen und auch mit mir lachen.
Zwar denke ich noch gerne an die schönen Zeiten in der Hütte zurück, die ich als Kind dort ver-

brachte. Besonders liebte ich die Scheune, die Stockbetten, die Küche mit ihrem alten Bauernofen. Ich erinnere mich noch genau an die vielen Wanderungen, die wir gemeinsam unternahmen, die Abende in der untergehenden Sonne, an denen wir glücklich über den bewältigten Tagesausflug bei herrlicher Jause saßen. Ich werde es nie vergessen, wie wohl ich mich dort fühlte, wie ein Teil des Hauses, der es zusammenhielt."

„Vielleicht trägt die gute Erinnerung dazu bei, dass du dich dort wieder ein wenig findest, Distanz gewinnst und ausgewechselt zurückkehrst. Es muss ja nicht lange sein, auch zwei, drei Tage können dir schon helfen."

Am selben Abend will Angela keine Entscheidung mehr treffen. Am nächsten Morgen läutet sehr früh das Telefon. Ihre Schwester Viktoria meldet sich zu einem Besuch am Nachmittag an. Sie würde alleine kommen.

Viktorias Ankunft ist nicht zu überhören. Ihr geräuschvoller Sportwagen, ein roter Porsche, rüttelt die ruhige Straße auf. Aus dem Auto steigt eine Frau, die man trotz Jeans, Turnschuhen und einer Sportjacke einer reichen Gesellschaft zuordnet. Es liegt in ihrem Blick und in ihrem Auftreten eine Haltung, die nur von der Gesellschaft Bevorzugte einnehmen, eine Selbstsicherheit, vielleicht könnte man es auch eine gewisse Arroganz nennen, vieles zu wissen und über alles urteilen zu können.

Angela tritt ihr zögernd entgegen, fühlt sie sich doch jedes Mal von ihrer Schwester überfahren.
Wie konnte sie nur einen Musiker heiraten, der jetzt noch in den Medien in schlechtes Licht geraten sei. Früher schon habe sie ihr von Francesco abgeraten, aber sie hat sich ja unbedingt diesen liederlichen Typ in den Kopf gesetzt. Von der Musik zu leben sei ja doch nur eine halbe Sache und sie könnte sich auch einmal mit etwas Vernünftigerem beschäftigen als mit dem lächerlichen Malen. Wenn man kein Genie sei, sollte man das lassen. Außer man verkaufe sich gut. Dann vielleicht. Es sei an der Zeit, dass Francesco auch mit anderen Dingen sein Geld verdiene, jetzt werde ihm niemand mehr eine Geige borgen und mit seinem billigen Instrument könne er auch keinen Eindruck machen. Die ganze Geschichte um die verschwundene Geige sei ihm gegönnt, solle er doch einmal zur Vernunft kommen und bemerken, wie und wo man tüchtig beständig ordentliches Geld verdienen könne.
Angela schweigt und sehnt sich danach unsichtbar zu werden. Am liebsten wäre sie jetzt in einer

Großstadt untergetaucht, hätte sich zwischen die Menschenströme geschoben, Galerien besucht, in der einen oder anderen kleinen Bar Zuflucht gefunden und sich gutem Kaffee oder Likör hingegeben. Aber nein, sie sitzt hier wie vor einem Tribunal. Diese unsensible Selbstgerechtigkeit!

Am Abend, nachdem Viktoria genauso lautstark wieder abgefahren ist, sitzt Angela still auf der Terrasse und hat das Gefühl, nur den äußersten Rand des wirklichen Lebens betreten zu haben. Sind alle ihre Entscheidungen falsch gewesen? Hat vielleicht ihre Schwester etwas damit zu tun, um sie auf den Boden der Realität, der Realität des Geldes, zurückzuholen? Angela sitzt wie gelähmt und die Enttäuschung frisst sich in ihr Inneres.

Am nächsten Tag entschließt sie sich, doch die Hütte aufzusuchen, wenigstens für zwei Tage, um kurze Zeit wirklich unsichtbar zu werden. Eine Großstadt liegt weit weg, also bietet sich eine kurze Flucht in die Berge an. Auch die Erinnerung an eine vertraute Kindheit sollte sie mit Glück erfüllen. Also noch einmal aufs Land, dann lange nicht mehr.

4

Angela packt alles ein, was ihre Mutter für sie bereitgestellt hat: Lebensmittel, Decken, warme Pullover und vieles mehr. Angela fährt los, Richtung Berge. Sie kennt auch diese Autostraße gut, da sie früher mit Francesco öfter die Wochenenden auf dieser Hütte verbracht hat. Eigentlich müsste Francesco noch Schlüssel besitzen, sie kann sich nicht erinnern, sie jemals zurückerhalten zu haben. Sie muss ihn daran erinnern.
Angela findet schließlich die Idee gut, den Ort zu wechseln, abzuschalten, vielleicht doch Ruhe zu finden. Obwohl sie ihr Handy bei sich trägt und auch den Laptop eingepackt hat. Sie fühlt sich doch wohler, jederzeit mit der Umwelt in Verbindung treten zu können. Aber man kann ja alles abschalten, nicht benützen. Darüber kann man verfügen.
Sie fährt in den Abend hinein. Die Sonne liegt schon auf den umliegenden Gipfeln, um bald dahinter zu verschwinden, das Licht trübt sich langsam ein. Die Straße verengt sich mehr und mehr, sie ist beinahe nur noch ein Weg, aber breit genug, um den Lancia gut darauf zu lenken. Der umliegende Wald nimmt an Dichte zu, die Bäume wirken fast schwarz und bedrohlich finster. Angelas

Großstadt untergetaucht, hätte sich zwischen die Menschenströme geschoben, Galerien besucht, in der einen oder anderen kleinen Bar Zuflucht gefunden und sich gutem Kaffee oder Likör hingegeben. Aber nein, sie sitzt hier wie vor einem Tribunal. Diese unsensible Selbstgerechtigkeit!

Am Abend, nachdem Viktoria genauso lautstark wieder abgefahren ist, sitzt Angela still auf der Terrasse und hat das Gefühl, nur den äußersten Rand des wirklichen Lebens betreten zu haben. Sind alle ihre Entscheidungen falsch gewesen? Hat vielleicht ihre Schwester etwas damit zu tun, um sie auf den Boden der Realität, der Realität des Geldes, zurückzuholen? Angela sitzt wie gelähmt und die Enttäuschung frisst sich in ihr Inneres.

Am nächsten Tag entschließt sie sich, doch die Hütte aufzusuchen, wenigstens für zwei Tage, um kurze Zeit wirklich unsichtbar zu werden. Eine Großstadt liegt weit weg, also bietet sich eine kurze Flucht in die Berge an. Auch die Erinnerung an eine vertraute Kindheit sollte sie mit Glück erfüllen. Also noch einmal aufs Land, dann lange nicht mehr.

4

Angela packt alles ein, was ihre Mutter für sie bereitgestellt hat: Lebensmittel, Decken, warme Pullover und vieles mehr. Angela fährt los, Richtung Berge. Sie kennt auch diese Autostraße gut, da sie früher mit Francesco öfter die Wochenenden auf dieser Hütte verbracht hat. Eigentlich müsste Francesco noch Schlüssel besitzen, sie kann sich nicht erinnern, sie jemals zurückerhalten zu haben. Sie muss ihn daran erinnern.
Angela findet schließlich die Idee gut, den Ort zu wechseln, abzuschalten, vielleicht doch Ruhe zu finden. Obwohl sie ihr Handy bei sich trägt und auch den Laptop eingepackt hat. Sie fühlt sich doch wohler, jederzeit mit der Umwelt in Verbindung treten zu können. Aber man kann ja alles abschalten, nicht benützen. Darüber kann man verfügen.
Sie fährt in den Abend hinein. Die Sonne liegt schon auf den umliegenden Gipfeln, um bald dahinter zu verschwinden, das Licht trübt sich langsam ein. Die Straße verengt sich mehr und mehr, sie ist beinahe nur noch ein Weg, aber breit genug, um den Lancia gut darauf zu lenken. Der umliegende Wald nimmt an Dichte zu, die Bäume wirkten fast schwarz und bedrohlich finster. Angelas

Weg steigt immer einsamere und dunklere Kurven hinauf. Aber ihre Kraft und ihr Mut verlassen sie nicht, hier will sie ihrem Schicksal trotzen, sich ihm entgegenstellen und sich nicht von irgendetwas vereinnahmen lassen.

Noch fünf Kilometer, dann müsste das Ziel erreicht sein. Es beginnt zu regnen. Der Regen steigert sich, die enge Straße wird immer unübersichtlicher und schließlich ergießt er sich mit einer Wucht über die Windschutzscheibe, dass es die Scheibenwischer überfordert. Angela kann jetzt nur noch im Schritttempo vorwärtskommen, muss aber dann doch anhalten. Sie sieht kaum mehr etwas. Weiter vorne, ungefähr 20 Meter entfernt, kann sie noch einen Waldweg erkennen, der nach links einbiegt. Dort will sie ihr Auto parken. Soll sie warten, bis der Regen nachlässt? Sie fröstelt. Sie entscheidet sich, die letzte Strecke zu Fuß weiterzugehen, stülpt sich die Kapuze ihres Anoraks über den Kopf und marschiert los. Der Regen peitscht um ihre Beine und dringt durch ihre Kleider. Trotzdem sie bald völlig durchnässt ist, geht sie in angeregter Stimmung bergauf, mit dem Vorsatz, ihrem Leben eine bewusste Wendung zu geben. Sie wird auf der Hütte einen heißen Tee trinken, danach sich dem Auto und ihren Habseligkeiten widmen. Zeit hat sie genug.

Da erscheint sie endlich, die Hütte. Zuerst sieht sie beim Hinaufgehen nur das Dach, das sie letztes Jahr erneuern mussten. Ihre Mutter erzählte es ihr einmal, es hat sie nicht besonders interessiert, jetzt aber doch. Wie schrecklich, wenn es jetzt undicht wäre. Schon dreißig Jahre ist diese Hütte in ihrem Familienbesitz, wird aber viel zu wenig genutzt. Es ist höchste Zeit, dass wieder jemand ein paar Tage heizt. Die Feuchtigkeit setzt sich ohnehin erbarmungslos in alles.
Sie erschrickt, als ein kleiner Lichtschein unterhalb des Daches zu sehen ist. Wohnt jemand dort, weiß Mutter nichts davon? Oder hat der letzte Besucher vergessen, alle Lichter auszuschalten?
Völlig durchnässt zieht sie den Schlüssel aus der Tasche, um aufzusperren. Sie dreht ihn im Schloss und wundert sich, dass es einen Widerstand gibt, die Tür ist offen. Angela betritt vorsichtig den Vorraum, dann die Stube – hier brennt Licht, sie ist bewohnt! Hier hält sich jemand auf, aber wer? Francesco? Ja! Seine Schuhe und seine Jacke! Aber auch Frauenkleider liegen herum! Das ist es also!
Angela wird starr, ihre Stimme bleibt weg, obwohl sie rufen will, seinen Namen und wieder seinen Namen, in ihrer grausamen Überraschung. Plötzlich hört sie ein Lachen, ein Kichern, dann seine Stimme, glückliche Menschen.

Was sucht sie noch hier? Nein, nein, das kann nicht sein, was ist geschehen?
Ist denn Francesco zu so etwas fähig? Ist das sein Betrug? Und schon länger als zwei Monate das hier?
Langsam kehrt ihre Stimme wieder zurück und sie schreit, zuerst leiser, dann immer schriller und unerträglicher, aus tiefer Verzweiflung. Francesco stürzt die Stiegen herunter, erkennt Angela gleich und ruft: „Lass dir alles erklären, lass es dir erklären!"
Aber Angela läuft mit ihren triefenden Schuhen und Kleidern aus der Hütte, den Weg zurück zum Auto, so schnell, als laufe sie um ihr Leben. Sie fährt mit ihrem Lancia eine Geschwindigkeit wie bei einer Verfolgungsjagd, rast durch das nasse Dunkel und rettet sich schließlich in eine ebene übersichtliche Straße. Schließlich erreicht sie bald wieder das Haus ihrer Mutter und ungefähr um Mitternacht steht sie vor ihr in einem aufgelösten Zustand, der die Mutter erschreckt.
„Nun komm doch erst herein und setze dich zum Kamin. Ich bringe dir trockene Kleider, koche heißen Tee und dann wollen wir über alles sprechen."
Angela in ihrem seelischen Ausnahmezustand folgt widerstandslos dem Rat der Mutter. So sit-

zen die beiden noch stundenlang zusammen am offenen Feuer und suchen in den flackernden Flammen Rat. Hoffnungslos legen sie sich schließlich schlafen, um dem neuen Tag eine Chance hilfreicher Gedanken zu geben.

5

Angela erwacht spät. Sie scheint in einen aus Enttäuschung todesähnlichen Schlaf gefallen zu sein. Die Mutter hat öfter versucht sie zu wecken, aber ohne Erfolg. Erst gegen 11 Uhr kommt sie die Treppe herunter, um zu frühstücken.
„Angela, ich habe Neuigkeiten für dich, du wirst überrascht sein."
„Was gibt es? Noch etwas Schreckliches?"
„In der Zeitung habe ich einen Artikel gefunden, du musst ihn gleich lesen! Hier ist er!"

Angela gießt sich zuerst Kaffee ein, um wacher zu werden, und schaut dann neugierig auf das Zeitungsblatt:

„La Gazzetta della Provincia"
8. September
Verschwundene Geige in Sicherheit
Wertvolle Geige wieder im Paganini-Museum

Vorgestern wurde die schon einige Zeit vermisste Geige, die Guarneri del Gesú, eine der wertvollsten Geigen Italiens, von einer Frau zurückerstattet. Das Instrument ist unversehrt und in gutem Zustand. Der Geiger Francesco Sonari wird verdächtigt, sie nach dem letzten Konzert, wofür er diese aus dem Paganini-Museum in Genua geborgt hat, wissend veruntreut zu haben, was Ermittlungen ergaben.

Angela legt die Zeitung zur Seite und fühlt sich wie gelähmt. Wer war diese Frau in der Hütte? Handelt es sich um dieselbe, die die Geige zurückgebracht hat? Oder eine Bekannte, die den Auftrag erfüllte? „Wissend veruntreut" bedeutet, dass Francesco alles selbst geplant hat oder zumindest davon gewusst haben muss, also Mittäter ist. Und dazu kann ihr Francesco fähig sein?
Angelas Schock sitzt tief, starr und völlig entwurzelt blickt sie ins Leere, in eine weite Auswegslosigkeit.
Die Mutter schlägt vor, die Polizei anzurufen, um herauszufinden, wer die Ermittler dieses Falles seien, um genauere Auskünfte zu erhalten. Vielleicht wollen diese für die Aufklärung des Falles ohnehin Angehörige sprechen.
Es dauert lange, bis ihnen die Zentrale die Nummer des Ermittlungsbüros durchgeben kann.

Schließlich erhalten sie die richtige Verbindung und werden eingeladen, auf das Polizeipräsidium in Bozen zu kommen. Ihr Termin wäre der nächste Tag um 11 Uhr.

Die Mutter begleitet Angela nach Bozen, da sie befürchtet, ihre Tochter würde die ganze Situation psychisch nicht durchstehen. Ein sonniger Tag lässt Angela den Lancia leicht die Straße hinab zum Polizeipräsidium in Zentrumsnähe fahren.

Die wärmende Sonne erhellt die Stimmung des Tages. Auch im Polizeipräsidium herrscht ein beschwingtes Kommen und Gehen. Angela und ihre Mutter finden sich vor dem Ermittlungsbüro ein und werden bald hereingebeten. Der Beamte stellt sich vor als Dottore Antonio Faletti und bittet beide Platz zu nehmen, auf einer roten gepolsterten Bank, die neben seinem Schreibtisch steht.

„Mir wurde dieser Fall übertragen, nachdem die Ermittlungen zuerst aussichtslos schienen, schließlich bin ich zu einem Ergebnis gekommen. Es war ohnehin meine Absicht, Sie demnächst aufzusuchen, um das Bild abzurunden. Der Fall ist meiner Meinung nach schon ziemlich abgeschlossen."

„Wir haben aus der Zeitung erfahren, dass die Geige zurückgegeben wurde und mein Mann sie wissentlich veruntreut haben soll. Können Sie uns die näheren Umstände erklären? Als seine Frau habe ich doch ein Recht auf genaue Informationen."

„Natürlich haben Sie das. Zuerst würde mich aber interessieren, wie Sie zu Ihrem Mann stehen? Wussten Sie von einer Freundin?"

„Nein, nicht im Geringsten. Mir erschien unsere Ehe bis vor einiger Zeit sehr glücklich, bis er verschwand. Inzwischen weiß ich es leider."

„Nun die Sache ist folgende: Herr Sonari pflegt seit Längerem eine Beziehung zu einer Geigerin Julia Rosa. Sie ist die Frau, die schließlich die Geige zurückerstattet hat."

Dottore Faletti steht auf, geht zu einem Regal und zieht einen Aktenordner heraus. Am Schreibtisch schlägt er ihn auf und berichtet das Eingetragene.

„Ihr Mann hat uns Folgendes ausgesagt:

Julia Rosa hätte unbedingt einmal auf dieser wertvollen Geige spielen wollen und ihm vorgeschlagen, diese, nachdem sie bei jedem Konzert bewacht wird, einfach unbemerkt mit ihrer eigenen Geige auszutauschen. Wenn er dabei nicht mitspiele, würde sie ihn damit erpressen, sein Verhältnis zu ihr öffentlich zu machen, was ihm natürlich völlig unangenehm sei, vor allem wegen seiner Frau. Er habe angenommen, es handle sich um einen kleinen Scherz seiner Freundin und ha-

be das nicht ernst genommen. Als aber die Geige wirklich ausgetauscht war, habe er einen enormen Schrecken bekommen und nicht mehr gewusst, was er tun soll. Da er das Verhältnis aber nicht beenden wollte, musste er auf ihre Forderungen und natürlich auch auf das Risiko einer Strafe eingehen. Letztendlich hat Julia Rosa das Instrument unversehrt zurückgebracht. Abgesehen von der Rufschädigung können beide einer gerichtlichen Verurteilung nicht entgehen, wahrscheinlich muss diese beiderseits finanziell entgolten werden. Es ist natürlich anzunehmen, dass Ihr Mann seiner Geliebten auch diese Geldsumme spendiert, wenn er sich schon von ihr erpressen lässt. Es ist natürlich Ihr Recht, davon zu wissen, worin Ihr Mann sein Geld investiert."
Die nüchterne Büroatmosphäre legt sich immer mehr über Angelas Betroffenheit, sodass sie sich ziemlich gelassen für alle Informationen bedankt, sich für weitere notwendige Fragen zur Verfügung stellt und schließlich mit ihrer Mutter diesen Ort der erschütternden Wahrheit verlässt.
Die Mutter stützt liebevoll ihre Tochter und lädt sie in ein gemütliches Kaffee ein, um sie dort zu trösten und zu verwöhnen. Angela lässt vieles mit sich geschehen, auch wenn sie inzwischen schon auf alles gefasst ist.

Schweigend sitzen beide gegenüber, nippen zaghaft an ihrem Kaffee und blicken auf den sonnigen Platz durch ein wunderschönes mit Blumen geschmücktes Fenster, als Angelas Handy plötzlich seine Melodie spielt. Giorgio meldet sich.

„Angela, ich würde dich gerne zum Essen einladen, wann hast du Zeit?"
„Im Moment bin ich nicht in Stimmung, die ganze Sache mit der Geige und Francesco hat mir ganz schön zugesetzt."
„Ja gerade deswegen!"
Angela schweigt. Das Telefon erlaubt keine größeren Pausen.
„Bist du noch dran?", fügt Giorgio hinzu.
Angela bemüht sich um Worte: „Ich habe im Moment keine Lust, irgendetwas zu unternehmen, ich muss erst meine Situation überdenken."
„Angela, du brauchst jetzt eine männliche Stütze. Ich bin euer Freund und bin auch dir zur Hilfe verpflichtet."
Angela überlegt. „Und zu welcher Hilfe warst du bei Francesco verpflichtet? Streite nicht ab, dass du von dem Verhältnis wusstest und dich bei mir so nichts ahnend verhalten hast. Ich habe öfter darüber nachgedacht und bin mir sicher, dass Francesco dir vieles anvertraut hat. Deshalb der

weiße Mercedes, weil du auf mich Acht geben solltest, damit der Plan gelingt!"

„Was du dir einbildest! Ich erfuhr erst allmählich von dem Verhältnis deines Mannes, ich kann nicht sagen, dass ich von Anfang an Bescheid wusste."

„Was heißt, allmählich! Ihr Männer haltet ja immer zusammen!"

„Angela, ich möchte dir weiterhin ein guter Freund sein, wir können uns bei einem schönen Essen aussprechen. Dass mich Francesco einmal bat, dir zu folgen, um sicher zu sein, ob du nach Hause fährst, ist doch nichts Schlimmes!"

„Es ist nichts Schlimmes, mich in Angst zu versetzen, dass ich nicht mehr schlafen kann, mein Vertrauen zu brechen, mir etwas vorzuspielen? Das alles soll harmlos sein? Und jetzt glaubst du, bin ich frei für dich? Du drehst und wendest dich wie ein Wurm! Nein danke, ich verzichte auf deine Einladung, auf deine Unterstützung, will ich doch nur aufrichtigen Menschen in die Augen sehen und nicht solchen, die sie mit Lügen zupflastern!"

Angela schaltet ihr Handy mit einer Wut aus, was den Anschein hat, dass sie nicht nur dieses Gespräch abbricht, sondern auch ihrer gesamten Vergangenheit mit Francesco ein deutliches Ende setzt. Die Tatsache, dass ihr Leben letztendlich auf solche Abwege gelangen konnte, erfüllt sie mit einem Gefühl abgrundtiefen Schreckens.

6

Sie hat sich wohlgefühlt mit Francesco, hat Vertrauen zu ihm gehabt. Ihr eingeprägter Sinn für Harmonie hat auch immer alles zur Seite geschoben, was dem widersprach.
Nun bewegt sie sich über einem bodenlosen Abgrund, der sich immer tiefer öffnet. Soll sie in dieser Bodenlosigkeit nach der Wahrheit suchen? Einer Wahrheit, die es vielleicht nie gibt? Ja, sie ist davon überzeugt, diese Geschichte erscheint zu einfach. Francesco riskiert keine Ehe, sein Ansehen und eine Summe Geldes wegen einer Liaison, das scheint unglaubwürdig. Nein, es musste noch etwas anderes geben. Sie will es herausfinden.
Angela sitzt in ihrem Lancia und fährt zurück nach Triest. Die vielen Gedanken, die sich in ihrem Bewusstsein kreuzen, lassen ihre Anspannung steigen. Plötzliche Kopfschmerzen legen sich auf ihre Stirn, das Fahren wird zur Qual. In der Stadt angekommen schlägt sie sofort den Weg zu ihrer Wohnung ein. Francesco ist wie erwartet nicht zu Hause. Die Luft in der Wohnung scheint abge-

standen, so wie ihre Vergangenheit. Sie öffnet alle Fenster. Keine Kompromisse mehr. Alles hinaus. Alle Verletzungen sollen sich im Freien auflösen, wo auch immer. Gerne erträgt sie den Wind, der durch die Räume streicht, sie empfindet ihn als Reinigung.
Sie legt eine CD auf, Bachs Cellosuiten, und lässt sich anschließend rückwärts auf das große Sofa fallen. Sie will kurze Zeit die Augen schließen und alles vergessen. Aber ihr starrer, unruhiger Blick richtet sich gebannt auf die weiße Wand über ihr, als ob diese ihrer Vergangenheit eine Tür öffnet.

Es war in Triest. Viktoria lebte auch hier, bevor sie heiratete. Meine Schwester liebte es, Kennenlern-Partys zu veranstalten. Ich fand das immer sehr spannend, wem sie nun wieder ihre besondere Aufmerksamkeit schenken würde. Damals erzählte sie, sie hätte einen interessanten Musiker eingeladen. Einen besonderen Mann, von dem ich vielleicht schon etwas gehört hätte, was nicht der Fall war. Zu dieser Zeit hatte ich keinen Freund, hatte nichts zu verlieren, war für jeden Schalk aufgelegt. Übermütig und witzig, leidenschaftlich und wild, so sprudelten die Worte aus mir heraus, keiner konnte mir das Sprechen verbieten. Viktoria wollte mich öfter zurückhalten, mich unterbrechen, mir das Interesse der anderen entziehen, aber es gelang ihr nicht. Diesmal spiegelte sich meine Freude in allen Augen und Viktoria vermochte nicht, aus ihrem Schatten herauszutreten. Alle, die mich kannten, glaubten, ich wäre eine andere, die doch bisher eher beiseite saß, meist schweigend, und die Umgebung im Blick behielt. Aber es gibt Momente im Leben, die uns eine Kraft verleihen und uns verändern, um dem Schicksal gerecht zu werden. Denn es musste so kommen.

Francesco wurde auf mich aufmerksam und nur ich gewann ihn, den interessanten Musiker, den besonderen Mann, für diesen Abend, den nächsten Tag, für immer. Seine dunklen Augen verzauberten mich, auch seine liebreizende Art zu sprechen, sein Zurückhaltung Frauen gegenüber. Alles, was viele Frauen lieben, vereinigte er in sich. Und dann noch sein Geigenspiel! Er verzückte. Ich beobachtete die feuchten Augen der Anwesenden. Meine Schwester grollte, ich war der Mittelpunkt und die Beute gehörte mir.

Seit diesem Abend trennten sich unsere Wege. Keine Musiker mehr für Viktoria, keine Partys bei ihr, auf denen ich erwartet wurde, sie entfremdete mich ihrer Gesellschaft.

Das war also die Wut, die immer noch tief sitzt, diese Eifersucht auf meine verspielte Lebensfreude. Und ich dachte, die vielen Jahre hätten sich dem Vergessen gebeugt.
Aber eine Schwester schadet doch nicht der eigenen Familie! Das kann man doch ausschließen.
Oder doch? Vielleicht auf eine sehr unauffällige Weise? Ihr Mann? Was war noch seine Beschäftigung? Hab ich ihn jemals näher kennengelernt? Auf der Hochzeit blieb eine Distanz. Ein gut aussehender Mann mittleren Alters, Absolvent eines Wirtschaftsstudiums, aus einer begüterten Geschäftsfamilie, mehr geld- als bildungsorientiert, höflich, glatt. Eigentlich habe ich nie ein Gespräch mit ihm gesucht, mein Gefühl hielt mich davon ab. Ein eigenes Unternehmen hat er gegründet, soviel ich weiß. Zuerst Immobilien, dann hat er sein Unternehmen auch auf andere Bereiche ausgeweitet. Was war da noch alles? Hat er nicht besonderen Wert auf akustisch gut gebaute Häuser gelegt? War sein Klientel nicht auch aus der Musikbranche, professionelle Musiker, die zu Hause arbeiten wollen? Also doch eine Verbindung zu Menschen, die Viktoria und er gewissermaßen ablehnen. Aber Geld lässt sich mit allem verdienen, auch mit Gegenwelten. Und Julia Rosa? Sie wird im Internet nachsehen. Sie muss dieser Frau

nachspüren, die Eisdecke durchbrechen, unter der sie sich selbst befindet.

Schließlich werden Angelas Augenlider immer schwerer und der Schlaf schließt diese mit einer Heftigkeit, die sie in tiefe Träume sinken lässt, sie auf eine Reise des Vergessens schickt und ihr kurzen Frieden schenkt.

7

Die Sonne hat schon hoch am Himmel ihren Platz eingenommen und eine Hitze über die Stadt gelegt. Die Wärme im Raum weckt Angela schließlich aus ihrem langen Morgenschlaf. Sie zieht die schweren Vorhänge zu, um diese abzuwehren. Schnell trinkt sie ihren Morgenkaffe und widmet sich dann augenblicklich dem PC:

Angela gibt in die Suchmaschine das Wort *Geigenfälschung* ein und stößt dabei auf einen interessanten Artikel:
Hermann Wulgo, angeklagt wegen Betrugs in mehr als zwanzig Fällen, ein Berner Altgeigenhändler und Geigenbaumeister, Inhaber einer der prominentesten Firmen der Geigenbranche, gilt als einer der bedeutendsten Experten für altitalienische

Geigen... Die Experten, deren Urteile so viel gelten, sind aber zugleich die Inhaber der größten Geigenhandelsfirmen der Welt... Die Identität von Experten und Händlern hat zu einer Inflation von obskuren italienischen Geigen geführt. Im Berner Prozess geht es um einige angeblich echte Stradivarius-Geigen und andere Instrumente von berühmten Geigenbauern, wie zum Beispiel Guarneri del Gesù... Einige Besitzer dieser Geigen fühlen sich von dem Berner Geigenbauer betrogen. Im Hintergrund des Prozesses aber steht ein Interessenskonflikt, der die Geigenbranche seit Jahren belastet, der Konflikt zwischen den Händlern alter Geigen und den Herstellern neuer Geigen. Die Geigenbauer werfen den Händlern vor, Propaganda gegen moderne Meistergeigen zu betreiben... Besonders erbittert es aber manche Geigenbauer, dass offenbar sehr viel mehr alte Meistergeigen angeboten werden, als es tatsächlich geben kann... Um eine Geige als Arbeit eines berühmten italienischen Geigenbauers zu identifizieren, müssen Experten viele Merkmale prüfen. Das auffälligste Kennzeichen ist der Geigenzettel, auf dem sich der Hersteller zu erkennen gibt, etwa „Antonius Stradivarius faciebat anno 1697". Solche und andere, zumeist gedruckte Signaturen, kleben die Geigenbauer ins Innere der Geigenkörper auf den Geigenboden, sodass man die Inschrift auch durch die F-Löcher entziffern kann. Dieser Hinweis gilt mehr der Werkstätte, wo die Geige gebaut wurde. Sie sollten aussagen, das Instrument sei nach den Maßen jener berühmten Geigenbauer angefertigt worden… Die Experten prüfen daher den Schnitt der F-Löcher in der Geigendecke, die Form der Schnecke, das heißt des gewundenen Kopfes am Auslauf des Griffbrettes, die Bearbeitung des Geigenrandes oder andere Kennzeichen… Geschickte Kopisten können jedes Meisterwerk so gut wie täuschend ähnlich nachbauen. Im Altgeigenhandel geht es um hohe Summen, zwischen 60000 und 300000 Franken zum Beispiel für eine Guarneri del Jesu… Die Wissenschaftler der Kriminalpolizei prüfen die beschlagnahmten Instrumente mit den modernsten Mitteln. Holzproben unter dem Mikroskop, mikrochemische Verfahren geben Aufschluss über Verleimung und Lackierung, der Einsatz der Quarzlampe und ultraviolette Strahlen lassen Bearbeitungen und Reparaturen erkennen, interessante Aufschlüsse geben Papier, Schrift und Tinte der Geigenzettel. Die auf Mikrospuren geschulten Kriminalwissenschaftler kennen Beispiele, bei denen die Geigenzettel künstlich mit unglaublichen Mitteln älter gemacht wurden…

Jetzt gibt Angela *Julia Rosa* in die Suchmaschine ein. Google verweist sie auf 4 Eintragungen:
Geigerin, 35 Jahre alt, geboren in der Schweiz, Kindheit in Bern, Studium an der Musikhochschule Zürich und Rom, lebt getrennt von ihrem Ehemann Emilio Wulgo. Seit zwei Jahren Konzerttätigkeit in Italien, vor allem in Triest, Verona und Mailand.

Emilio Wulgo – Hermann Wulgo, der Geigenfälscher, ein Verwandter?
Angela sucht wieder bei Google:
Emilio Wulgo, Sohn von Hermann Wulgo, Instrumentenhandel…

Ein interessanter Fall, liegt aber schon Jahre zurück. Julia hat das sicherlich erfahren, sie weiß um diese Dinge sehr genau, kennt sich aus, Betrug ist für sie wahrscheinlich kein Fremdwort. Welche Kontakte pflegt Julia Rosa jetzt? Außer zu Francesco, der sicherlich nur ein Rad im Getriebe darstellt. Wer sind die Betrüger, die sich sehr unprofessionell auf Gegenfälschung spezialisieren? Was hat Francesco wirklich damit zu tun? Welche Vorteile erwartet er sich?
Francescos Schreibtisch – für den PC fehlt ihr das Passwort ihres Mannes. Vielleicht gibt es auch im

Schreibtisch etwas zu finden. Nie hat sie darin gestöbert, aber jetzt hält sie eine Notwendigkeit nicht zurück.

Es ist ein altes Möbelstück, eine Augenweide mit seinen Verzierungen, zahlreichen kleinen und großen Schubladen, vollgeräumt mit abgelegtem Papier, Rechnungen, Büchern, Prospekten, Visitenkarten, Stiften, Aschenbechern, noch aus früheren Zeiten, als Francesco noch rauchte.

Angela findet nichts Verdächtiges, also muss sie auch die schweren Schubladen öffnen. Angela sucht, blättert, wirft alles auf den Boden, um einen besseren Überblick zu haben. Plötzlich hält sie ein kleines Notizbuch in ihren Händen. Sehr unscheinbar und fleckig. Sie schlägt es auf und sieht viele Zahlen. Sie blättert darin und findet auf mehreren Seiten die Buchstaben GT. Daneben stehen Zahlen wie 30% oder 60% usw. Was soll das bedeuten, dieses GT? Bezeichnen die Buchstaben vielleicht Namen, die Prozente Anteile? Angela kann nur ihre Phantasie zu Hilfe rufen und ihren Vermutungen freien Lauf lassen. Soll sie sich mit der Polizei in Verbindung setzen? Nein, sie wird noch ein wenig warten, nichts überstürzen. Sie verstaut wieder alles im Schreibtisch, nur das Notizbuch behält sie bei sich.

8

Angela geht wie in Trance am Meer entlang und sucht nach einem Ort des Bleibens, Denkens, Träumens, einem Ort der Erleichterung. Ein Schritt ergibt den nächsten, ohne sich dessen bewusst zu sein. Ihre Augen streifen das Ufer mit seinen vom Wasser verwaschenen Bänken, seinen Cafés und Restaurants. Vereinzelte Felsen säumen das Ufer und verlocken zu einer Abgeschiedenheit, umgeben von schäumendem Wasser. Unentschlossen wandert Angela weiter und stößt auf ein kleines, unauffälliges, aber sehr gemütliches Café, in dem sie bleiben möchte.

Doch plötzlich erschrickt sie. Sitzt dort nicht Francesco mit zwei Männern am Tisch? Beide mit Sonnenbrillen, nur Francesco nicht? Sie bleibt stehen, hält inne, überlegt. Soll sie ihn grüßen?
Nein, das wäre zu versöhnlich. Angela macht einen Bogen um das kleine Gebäude, um nicht gesehen zu werden. Sie behält die drei im Blick und stellt sich hinter eine offen stehende Türe.
Die zwei Männer sind ihr völlig unbekannt. Einer von den beiden wirkt sehr dunkel und trägt die Haare länger, der andere erscheint schmal und blass. Francesco gestikuliert temperamentvoll, die

beiden anderen hören ihm gespannt zu. Seine Worte kann sie nicht verstehen, die Geräusche der Umgebung stellen sich ihr in den Weg. Wer die beiden wohl sind? Komplizen bei Geigengeschäften? Angela bleibt noch eine Weile stehen und prägt sich das Gesicht der zwei Unbekannten ein, dann geht sie unauffällig weiter. Wieder lässt sie sich von ihren Füßen tragen und leistet der Richtung keinen Widerstand. Wohin sie ihre Schritte führen, weiß sie nicht. Ihre Hoffnungslosigkeit und Verlorenheit legen sich wie ein Mantel um sie und setzen sie einem Leben aus, das mit unendlicher Leere in Verbindung steht.

Ihr Handy läutet. Es bringt die Gegenwart zurück. Ihre Schwester: „Angela, ich lade ein paar Leute ein, willst du auch kommen? Hier zu mir in den Garten. Ich freue mich, wenn du erscheinst."
Angela wundert sich. Welcher Gesinnungswandel! Vielleicht ein Ablenkungsmanöver? Angela überlegt nicht lange, sie sagt zu und legt schnell wieder auf. Nichts hält sie davon ab, die Spur zu finden, auch nicht eine Gesellschaft bei ihrer Schwester. Wer weiß, wer sich dort versammelt! Ob sie Francesco auch einlädt? Nein, sie glaubt es nicht, so viel Solidarität traut sie ihr zu.

Als sie der Rückweg wieder am Café vorbeiführt, waren die drei Männer schon gegangen. Andere Besucher hatten ihre Tische eingenommen.
Tiefer Groll sitzt in Angelas Brust, sie spürt diesen brennenden Schmerz der Enttäuschung und Wut. Beinahe fühlt sie sich wie Medea oder Phädra, bei denen verletzte Liebe leidenschaftlichen Hass hervorrief. Nein, sie will sich doch von der Vernunft leiten lassen.

9

Auch Francesco hat Angela erkannt und drängt deshalb bald zum Verlassen des Cafés. Er habe wichtige Termine. Die Besprechung sollten sie zwei Tage später fortsetzen.
Nun ist der Bruch zwischen ihm und Angela vollständig, verheimlichen lässt sich nichts mehr, kein Verhältnis, kein unehrliches Geschäft. Aber was hat er sich schon vorzuwerfen? Einen kleinen Deal, bei dem er aus Liebe mitgewirkt hat! Wenn sie wüsste, wer die Drahtzieher dieses Deals sind, sie würde staunen. Natürlich sagt er nichts, vielleicht kommt ihnen auch niemand auf die Spur, Angela schon gar nicht. Wie vertrauens- und liebevoll sie immer war, man konnte ihr mit ein wenig Phantasie so vieles erzählen. Auch wenn sie

manchmal zweifelte. Letzten Endes glaubte sie mir. Da ist Julia Rosa schon anders, raffiniert, misstrauisch, streng und doch wieder großzügig, selbst nicht immer ehrlich und in allem eben aufregend.

Heiß durchflutet es seinen Körper beim Gedanken an Julia. Wie verblasst ist Angelas Bild dagegen, als ob sie in einen dichten Nebel geraten wäre. Nicht dass er für Angela kein Mitgefühl mehr hat, trotzdem kann er von Julia nicht lassen, er ist ihr völlig verfallen. Auch ihren Tricks und Geschäften, die sie bisher einfädelte. Beträchtlich ist sein Gewinn, sein Ansehen verloren. Aber Künstler stünden ja oft im Zwielicht, letztendlich siege das Können und die mediale Präsenz, die habe er sich ja jetzt angeeignet. Feinde habe jeder, Konkurrenz gehöre zu seinem Leben.
Sich damit tröstend läuft Francesco durch die Straßen Triests bis zu seinem Auto. Julia Rosa erwartet ihn in ihrem Haus außerhalb der Stadt. Ein kleines Paradies, ein Geheimnis, dieses Haus, sie habe es erst kürzlich gefunden, eine verschworene Liebesstätte.

Nein, nichts zwingt ihn zurückzukehren, sein altes harmonisches Leben wieder aufzunehmen, seine

Leidenschaft ist geweckt und lässt das normale Leben schal und ermüdend erscheinen.

10

Angela verlässt ihre Wohnung, um die Gesellschaft ihrer Schwester aufzusuchen. Freude verspürt sie keine, nur Neugier und ein gewisses Gefühl der Rache zur Klärung aller Dinge. Das Kleid, das sie trägt, macht sie schlanker, jünger, ein wenig mondän. Sie muss stark auftreten in einer Welt, die das erwartet. Und sie gefällt, sehr sogar. Gott sei Dank kein Francesco. So kann sie ziemlich gelassen den Begrüßungssekt trinken und ihren Blick ungestört über die eingeladenen Gäste gleiten lassen. Viele der Anwesenden kennt sie nicht, was ihr noch mehr Ruhe verleiht.
Glitzernd ihre Schwester in ihrem silbernen Kleid, als Gastgeberin sehr bemüht und aufmerksam, ihr Mann ebenso elegant, aber kühl und glatt wie immer. Bald nimmt sie in einer Ecke Platz, um dem Small-Talk zu entgehen. Jetzt ist Gelegenheit, das Beobachten der einzelnen Gäste fortzusetzen. Angela entdeckt zwei Herren, die gegenüber in der anderen Ecke des Raumes an einem kleinen Tisch sitzen. Sie bildet sich ein, diese schon einmal gesehen zu haben. Ja, natürlich, das sind die

beiden Männer, mit denen Francesco im Kaffeehaus war! Sehr unsympathische Typen. Sie fragt ihre Schwester, wer diese Männer seien, was ihr aber nur ihr Schwager beantworten kann.

Es handelt sich um Giorgone Pietro und um Tordone Silvio. Giorgone, Tordone. Angela wiederholt die Namen öfter hintereinander. GT, ja es waren doch die Buchstaben GT in Francescos Notizbuch!
Waren sie diejenigen, die sich mit Francesco die Beute teilten?
Man kann es annehmen. Wenn sich diese beiden hier aufhalten, dann müssen sie gute Bekannte oder Freunde ihrer Schwester oder ihres Schwagers sein? Haben die auch damit zu tun? Zuzutrauen wäre es ihnen, vor allem ihrem Schwager. Dieser gut verdienende Immobilienmakler, der auch zur Musikbranche enge Kontakte pflegt, welche auch immer. Ja, es ist hier nicht geheuer, alle scheinen in die Angelegenheit des Geigenhandels verstrickt zu sein. Und sie einzuladen, welch ein Hohn! Um ihr gegenüber unverdächtig zu erscheinen! Angela empfindet leichten Schwindel, diese Gesellschaft widert sie an. Nach außen nur Prunk, ein Prunk, vor dem sie sich ekelt.

Sie verabschiedet sich bald und nimmt den schnellsten Weg zu ihrer Wohnung.

Gleich sucht sie die Namen der beiden Männer im Internet und stößt auf eine interessante Information. Bei Giorgone handelt es sich um einen Geigenbauer aus Triest, bei Tordone um einen Geigenhändler, einem gebürtigen Schweizer, aus Bern. Wer kann da noch eine Verbindung zu Julia Rosa leugnen, wahrscheinlich eine Mittäterschaft? Julia Rosa kennt sich beim Geigenhandel und der Geigenfälschung aus, sie erlebte es in der Schweiz, bei ihrem Schwiegervater und erstem Mann. Wahrscheinlich hat sie sich hier einer Gruppe von mafiosen Leuten zur Verfügung gestellt, benötigte aber dazu gute Instrumente, da diese noch nicht über alle wichtigen Daten verfügen. Deshalb musste Francescos geliehene Geige als Muster dienen. Gefälschte Geigen werden dann in den Handel gebracht und das Geld wird geteilt. Nur wer ist der Kopf dieser Gruppe? Es muss sich um einen erfolgreichen Geschäftsmann handeln, bei dem man keinen Zusammenhang vermutet. Francesco einer dieser Mafiosi – ein entsetzlicher Gedanke, aber sicherlich eine Tatsache.

Angela betäubt sich mit einem großen Glas Rotwein und fällt bald in einen tiefen Schlaf, der sie bereitwillig aufnimmt.

11

Am nächsten Tag beschließt sie, die Polizei aufzusuchen. Auch wenn sie ihre Verwandtschaft in diese Geschichte hineinzieht. Sie kann diesen Zustand, der ihr die Rolle einer Ausgegrenzten zuteilt, nicht mehr ertragen. Umgeben von Missachtung und Falschheit fühlt sie sich völlig fremd, als ob sie zu einer anderen Welt gehörte.

Angela sitzt vor ihrem weit geöffneten Fenster und die Morgenluft klärt ihre Gedanken, die ihr logisch zu folgen scheinen.
Wen soll sie ins Vertrauen ziehen, außer der Polizei? Rechtsanwalt Morricone? Nein, dem war auch nicht zu trauen. Ihre Mutter? Nein, Angela will sie keinesfalls belasten. Also niemanden. Nur die Polizei. Sie telefoniert kurz und erhält einen Termin noch am selben Vormittag.
Der Polizeikommissar empfängt sie sehr freundlich. Er bietet ihr gleich Kaffee an, was sie nicht ausschlägt. Sie berichtet ihren Fall, die Zusammenhänge und Vermutungen. Der Polizeikommissar hört aufmerksam zu. Eine Untersuchungskommission hat den Fall schon aufgenommen. Man weiß einiges. Die Causa der Geigenfälschungen in der Schweiz kennt der Kommissar genau,

er hat damals auch darin ermittelt. Zusammenhänge hinsichtlich dieses Falls sind gegeben, müssen aber noch genau geprüft werden. Die Untersuchung soll alle Verdächtigen prüfen, auch ihren Mann.
Angela verlässt beruhigt das Kommissariat. Vielleicht gäbe es doch eine gerechte Strafe.
Angela hat nun alles in die Hände der Polizei gelegt, jetzt fühlt sie sich wieder freier für ihre Arbeit, das Malen ihrer Bilder.

Sie fährt mit ihrer Staffelei und allen Malutensilien zum Strand und sucht sich einen einsamen Platz – Motive gibt es zahlreiche.
Und ihre Bilder gelingen. Zuerst versucht sie die Bewegung des Meeres einzufangen, den leicht schäumenden Wellengang in seinen verschiedenen Farbtönen. Dazu gestaltet sie Menschen, die in die Weite des Meeres blicken, als ob sie hoffnungslos auf Etwas warten. Das letzte Motiv, das in ihrer Phantasie Gestalt annimmt, ist eine in allen Farben schillernde Geige, um die sich gierige Köpfe scharen und nach der sich alle Hände strecken, um teilzuhaben am Glanz, als bedeute es das höchste Glück.
Angela malt bis zum Sonnenuntergang, wie besessen gleiten ihre Pinselstriche über die Leinwand,

um dem Thema Glanz und Gier vollen Ausdruck zu verleihen. Immer kräftiger fließen die Farben in ihren Pinsel und werden mit einer sich immer steigernden Aggression auf die Malfläche gedrückt. Als es schon fast dunkel ist, betrachtet sie mit Wohlwollen ihr Werk, packt es vorsichtig ins Auto und nimmt den Weg nach ihrem Zuhause.

Als sie ihr Auto langsam und bedächtig lenkt, pochen die Worte Geld und Gier rücksichtslos in ihrem Kopf. Ja, natürlich, „Geld und Gier" wird sie das letztgemalte Bild nennen. Und bei der nächsten Vernissage wird sie es zum Mittelpunkt der Ausstellung machen, sie freut sich schon darauf.
Auch die folgenden Tage malt Angela mit einem Eifer, der sie überrascht. Es scheint alles aus ihr herauszubrechen und sich auf eine weiße Leinwand legen zu wollen.
Lange Zeit schweigt das Handy und lässt sie ungestört. Schließlich – es sind schon zwei Wochen vergangen – meldet sich der Polizeikommissar.
Ermittlungen hätten stattgefunden. Sie wüssten Genaueres. Ob sie ins Präsidium komme? „Natürlich", nichts kann Angela davon abhalten.

Der Lancia fährt spritziger als sonst durch sämtliche kleine und große Straßen. Vor dem Präsidium findet sie gleich einen Parkplatz.
Der Kommissar erwartet sie schon. Er bietet ihr ein Glas Cognac an, zur Beruhigung der Nerven, meint er.
"Also", beginnt er langsam. "Wir überprüften sämtliche Konten von uns bekannten verdächtigen Personen und stellten fest, dass Ihr Schwager Einkünfte verzeichnet, die in ihrer Höhe nicht nur von seinen Geschäftsabschlüssen stammen können. Wer weiß, wie viel auch noch auf Schweizer Konten liegt, was wir schwer überprüfen können. Jedenfalls sind die Einkünfte nicht alle belegbar und der Verdacht, mit ungesetzlichem Handel von gefälschten Geigen Geschäfte gemacht zu haben, hat sich sehr verhärtet, ja ziemlich sicher bestätigt. Seine Verbindungen zur Schweiz bestehen schon lange, zu Bern und Herrn Wulgo, Julia Rosas erstem Mann. Sie wurde angeblich auf Francesco angesetzt, damit man ihn für die Fälschung gewinne. Nachdem Ihr Schwager keinen wirklichen Experten zur Verfügung hatte, benötigte er das Muster einer berühmten Geige. Die praktische Arbeit für dieses Geschäft erledigten Giorgone und Tordone, zwei Männer aus dem Bekanntenkreis Ihres Schwagers. Wahrscheinlich hatte er

auch noch andere Helfer. Aber diese beiden organisierten die Arbeit. In kurzer Zeit wurden eine große Zahl von Guarneris nachgebaut und teuer verkauft. Anteil daran hatten alle, am meisten Ihr Schwager."
Angelas Vermutungen hätten sich bestätigt.

Der Kommissar rät ihr, aus Sicherheitsgründen die Stadt zu verlassen, sich irgendwo anders einzumieten, einer seiner Kollegen könnte sie begleiten.
„Rom", antwortete Angela. Immer schon träume sie davon, in dieser Stadt zu leben. Ob der Kollege das wolle? „Dort sei einer zu Hause, Sie können sich keinen besseren Fremdenführer als diesen vorstellen!"

Bald – 24 Stunden später – hat der Ortswechsel schon stattgefunden. Angela und ihr Begleiter sitzen bereits auf der großen Terrasse ihres Hotels und blicken auf das Lichtermeer Roms. Trotz diesem Elend, das Angela zu vergessen sucht, tragen ihre Gesichtszüge bereits Spuren von Erleichterung und leichter Befriedigung.
Und die Lichter der Stadt spiegeln sich wie hoffnungsvolle Zeichen in ihren zahlreichen Gläsern Wein. Beinahe geblendet von ihrem zauberhaften

Glanz, der sich bis spät in die Nacht nicht zu verlieren scheint, tritt Angela schon während der Nacht – in ihren Vorstellungen und Träumen – durch die Tore der ewigen Stadt.

12

Am nächsten Morgen lässt sich Angela Zeit und auch ihr Beschützer, Commissario Pezzoni. Um der strengen Beobachtung zu entgehen und ein wenig Freiheit in sicherer Begleitung zu genießen, will sie selbst für die Kosten dieses Commissarios aufkommen. Angela will sich der Gefahr nicht ganz stellen, trotz Rückschlägen bleibt ihre Lebensperspektive eine optimistische.
Eine Stadtrundfahrt wäre das Erste, was er ihr empfehle. „Ich werde Sie natürlich begleiten und in einer Woche entscheiden wir, was geschehen soll."
Ein wenig befangen von der Aktualität der Lage schlüpft Angela in bequemere Kleidung. Ihren Platz im hohen Sightseeing-Bus wählt sie gleich vorne. Der Commissario setzt sich hinter Angela. Der Sicherheit und Beobachtung wegen empfiehlt sich ein wenig Distanz.
Angelas inneres Gleichgewicht mit einer Spur von Seligkeit stellt sich bald wieder ein und ihre Ge-

danken verlieren sich im aufgeregten Plauderton der sie zahlreich umgebenden Menschen. Welch ein lebendiger Verkehr auf den Straßen! Auch der Bus kann seine Geschwindigkeit nicht halten, er schiebt sich Meter für Meter voran. Trotzdem hält er kurz auf den sehenswerten Plätzen der Stadt, um dem Blick der Businsassen Zeit zu geben.
„Piazza Venezia", ruft der Fahrer laut – „Trajanssäule" fügt er noch in Italienisch gefärbtem Deutsch hinzu, „Piazza della Rotonda – Pantheon – Cafés, Cafés, Dolce Vita! Piazza de Spagna – Santa Trinitá dei Monti.
Angela versucht, der Information zu folgen, was ihr nicht immer leicht fällt, verirren sich doch manchmal ihre Tagträume in das bewegte italienische Leben auf den Straßen und in die engen geheimnisvollen Gassen. Ihre Augen weiden sich an den mit Blumen phantasievoll geschmückten Häusern und den vielen Brunnen, die das Wasser paradiesisch zur Schau stellen, ein erfrischendes Labsal in der heißen Stadt.
Der Bus fährt an der Piazza del Populo vorbei, auf den Stadthügel Pincio, von dem der Fahrer auf einen beeindruckenden Stadtblick verweist, der sich bis zur Peterskirche erstreckt. Dann zum Park der Villa Borghese, quert nun die Via Nazionale, bis schließlich eine bedeutende Kirche wie-

der aufblicken lässt, die Lateranbasilika; auch die Basilika San Clemente mit den schönen Fresken bis zum Ponte Palatino über den Tiber nach Trastevere, dem einstigen Armenviertel, jetzt aber auch schon einladend für Besucher; bemerkenswert die Kirche Santa Maria in Trastevere, und vorbei an der größten Brücke, der Ponte Vittorio Emanuelle, die zum Vatikan führt.
Angela muss öfter ihren Kopf wenden, um alle Schönheiten in den Blick zu bekommen. Als sie sich wieder einmal auf die andere Seite dreht, fällt ihr ein Mann auf, der sie zu beobachten scheint. Immer wieder trifft ihr Blick den seinen. Gefällt sie ihm oder gehört er zu dem Mafiateam ihres Schwagers? Würde er sie dann so auffällig ansehen, oder will er ihr Angst machen? Voller Misstrauen blickt sie nur noch aus dem Seitenfenster und hofft auf den Schutz ihres Begleiters.
Ein bekanntes Bild eröffnet sich vor ihr – St. Peter und der apostolische Palast, eine beeindruckende Einheit, und der große Platz mit seinen Kolonnaden. Eine äußere Schönheit, die sich nach innen steigert und in der Sixtinischen Kapelle ihren Höhepunkt findet.

Wieder zurückgekehrt ins Hotel bleibt der erste Eindruck überwältigend. Angelas Gedanken kreisen nur noch um die Schönheiten Roms und blenden alle aus, was diesen beeinträchtigen könnte.

13

Francesco befindet sich zur selben Zeit in Julias Garten. Er liegt unter einem ausladenden Sonnenschirm und genießt ein Glas Whisky mit Eis. Julia hat in der Stadt zu tun, und das immer öfter, sie spricht nicht darüber. Hintergeht sie ihn, mit neuen Machenschaften, anderen Männern? Julias Anziehungskraft, davon ist Francesco überzeugt, entspricht in einem ebensolchen Maß ihrer Sprunghaftigkeit. Ununterbrochen befindet er sich in einem Zustand der Unruhe, des Misstrauens. Unbehagen und Eifersucht begleiten ihn immer öfter, was ihn quält. Wann wird sie ihn fallen lassen? Heute, morgen? Ein Verfahren erwartet ihn, sie natürlich auch. Um alles ihm Widerwärtige zu verdrängen, schließt er hoffnungslos seine Augen und taucht in ein Nichts.

14

Angela nippt noch einmal an ihrem Frühstückskaffe, bevor sie zu einem weiteren Stadtrundgang aufbricht. Ihr Begleiter warnt sie, mehr Vorsicht walten zu lassen. Auch wenn sich der an ihr interessierte Businsasse nicht mehr zeige, schwebe sie doch in großer Gefahr. Er, der Commissario, bleibe ihr auf den Fersen, er dürfe keine Anstrengung scheuen. Schließlich bringt sie ein Taxi zum Park der Villa Borghese. Mit großem Interesse widmet sie sich den dort gesammelten Kunstschätzen, vor allem in der Villa Borghese. Hier bewundert sie die außergewöhnlichen Bilder, besonders die Grablegung Tizians trägt sie gedanklich mit sich fort.

Die Via del Corso führt sie zurück zur Piazza de Spagna, wo sich viele junge Leute auf und bei der Spanischen Treppe tummeln. Angela schlängelt sich durch die Menge die Stufen empor und erreicht die berühmte Kirche Trinitá dei Monti. Am Eingang liest Angela *Gemeinschaft Jerusalems*, sie kennt diesen Orden nicht. Aber *Gemeinschaft* – wäre das vielleicht ein Zufluchtsort für jetzt? Oder immer? Angela betritt erwartungsvoll den Kirchenraum und wird von seiner Mystik in den Bann gezogen. Als sie die Kirche wieder verlassen will, hat sie den Eindruck, wieder folge ihr ein Mann. Sie findet zu ihrer Erleichterung einen Nebenausgang, verlässt zitternd das Gebäude und als sie sich umdreht, steht schon Commissario Pez-

zoni neben ihr und legt schützend den Arm um ihre Schultern. Auch er vermutet, jemand sei ihr gefolgt.
Die Idee mit der Gemeinschaft gefällt auch dem Commissario. Angela denkt an den Franziskanerorden in Bozen, dann wäre sie auch in der Nähe ihrer Mutter.
Mit Commissario Pezzoni, einem sehr gesprächigen und gewitzten Lebensgenossen, vergeht die Fahrt in den Norden wie im Flug. In der Klosterkirche der Franziskaner in Bozen finden sie bald den Weg zum Guardian, ihr Anliegen vorbringend. Man erwartet sie gerne beim Abendessen im Refektorium, wo die Mönchsgemeinschaft über ihren Einsatz beraten wird.
Schließlich bezieht Angela ein nettes bescheidenes Zimmer, wird Restaurationsarbeiten übernehmen und vielleicht auch in der Küche helfen.
Commissario Pezzoni verlässt dankend das Kloster, um noch am selben Abend nach Triest zurückzukehren. Manchmal kann er sich ebenso des Gefühls nicht erwehren, verfolgt zu werden.

Drei Wochen verweilt Angela im Kloster und geht nicht ins Freie. Sie nimmt auch mit niemandem Kontakt auf, nicht einmal mit ihrer Mutter. Sie fügt sich gerne in den Tages- und Gebetsrhyth-

mus des Ordens und beschäftigt sich in der übrigen Zeit mit allen Bildern auf dem Dachboden. Mit erstaunlichem Eifer vertieft sie sich in diese Arbeit, recherchiert über Farbtechniken im Computer, wobei ihr schließlich Bruder Petrus hilft.
Bald ist Angela aus dieser Gemeinschaft nicht mehr wegzudenken. Eine Welt der Güte und des Wohlwollens verdrängt die Erinnerung an eine schmerzliche Vergangenheit. Hier fällt es ihr leichter, die schwere Türe des Gestern zu schließen, um ein schwebendes Morgen zu betreten.

Die Tage werden kürzer, der Herbst kündigt sich an. Der Blick aus dem Fenster zeigt ein in allen Farben leuchtendes Gemälde. Angela will einer Natur begegnen, die sich vor ihrem Rückzug noch einmal in aller Schönheit öffnet.

Schließlich verlässt sie doch wieder einmal das Kloster und unternimmt eine kurze Wanderung. Dichter Nebel überzieht einige Wiesen wie eine undurchdringliche Haube. Manchmal setzt Angela ihren Schritt wie durch ein Milchglas fort, bis ein Sonnenstrahl ihr Auge findet und den Weg wieder ins Sichtbare bettet.
Beim nächsten Landgasthaus kehrt sie ein, um sich zu stärken. Sie findet einen sonnigen Platz.

Ein älterer Herr sitzt nicht weit von ihr und raucht gemütlich seine Pfeife. Als sie wieder aufbrechen will, bittet er darum, sich ihr anschließen zu dürfen. Sie freut sich über die Begleitung und findet sich bald in einer sehr anregenden Unterhaltung wieder. Sie staunt über die Bildung dieses äußerst freundlichen Mannes. Sie liebt es, ihm zuzuhören. Nachdem er auch in der Musik viel Wissen zeigt, kann sie sich nicht zurückhalten, seinen Beruf zu erfragen. Und als er ihr schließlich verrät, er sei Geiger und hätte auf einer Guarneri del Gesú viele Konzerte gespielt, hatte sie das dumpfe Gefühl, ihr Schicksal hole sie an jedem Ort dieser Welt wieder ein.

15

Noch ganz erfüllt von dieser Begegnung betritt Angela das Kloster mit dem Vorsatz, diesen Herrn wiederzusehen. Bald darauf schließt sie der Schlaf in seine Arme, so sanft wie schon lange nicht mehr.
Beim Frühstück am nächsten Morgen erwähnt sie diese Begegnung. Die Patres finden es nicht ungefährlich, bedenkenlos ein Rendezvous einzugehen, nein auf keinen Fall, sie sollte die Polizei verständigen, vielleicht ihren letzten Begleiter wieder be-

stellen, damit sie im Notfall nicht ungeschützt sei. Sie findet das übertrieben. Hätte sie doch geschwiegen.
Schwer trägt sie an ihrem Zweifel und geht auf den Dachboden, um dort ihre Arbeit wieder fortzusetzen. Hier stapeln sich schon zahlreiche Bilder, denen sie wieder zu Farbe und Glanz verholfen hat. Wann hörte dieser Spuk endlich auf! Könnte man diesem denn nie entfliehen?
Angela kommt nach ausgewogener Überlegung zu dem Entschluss, doch das Polizeipräsidium in Triest anzurufen. Vielleicht sollte sie sich noch einmal den Schutz von Commissario Pezzoni leisten – gesetzt den Fall, sie treffe diesen Herrn wieder, von dem sie nur den Vornamen erfahren hat, nämlich Antonio. Außerdem interessiere sie sich für die letzten Ergebnisse in der Betrugsaffäre rund um Francesco.
Es kostet Angela einige Überwindung, mit ihrem Telefonat die Außenwelt wieder in ihr geschütztes Reich einzulassen. Als sie sich aber nach Commissario Pezzoni erkundigt, verliert sie dieses hemmende Gefühl, da er sich gleich bereit erklärt, sobald wie möglich zur Verfügung zu stehen. Angela erfährt nichts Neues von der Polizei, nur, dass Verhaftungen zu erwarten seien. Warum unternimmt man so lange nichts? Soll ihr etwas zusto-

ßen? Angela legt ihr Handy kraftlos in eine Ecke und setzt alle Hoffnung auf ihren wieder erwarteten Beschützer.

Antonio meldet sich noch am Vormittag des nächsten Tages. Ob sie Zeit hätte, mit ihm abendzuessen? Er würde sich sehr freuen. Angela vertröstet ihn auf das kommende Wochenende, sie habe noch einiges zu erledigen.

„Ja, wahrscheinlich samstagabends, 19 Uhr?", ruft sie entschlossen ins Handy. „Werden Sie mich abholen?"

„Natürlich", antwortet Antonio. Sie könnten zuerst einen Spaziergang machen, das Restaurant liege am Weg. Er spricht auch von einer Bar, die sich zu besuchen lohne. Es würde ein wunderschöner Abend.

Trotz allem Misstrauen freut sich Angela auf spritzige Gespräche mit Antonio. Sie bringen neues Leben in ihren gleichförmigen Alltag.

Inzwischen ist der Commissario eingetroffen und schlägt Angela vor, sie wiederum in einiger Distanz zu begleiten, wohin auch immer sie wolle und ob sie das denn irritiere? Nein, nein, meint Angela, ein wenig von Angst beeinträchtigt. Eigentlich habe sie ja bei diesem Antonio ein gutes Gefühl, aber nachdem ihr alle zur Vorsicht rieten, sei sie unsicher geworden. Und wenn dieser die Bewachung bemerke? Ob er dafür Verständnis hätte? Wäre er aber auf sie angesetzt, was für einen Leichtsinn bedeute dann dieses Treffen! Er sollte es eben nicht erfahren, wenn kein Verdacht bestünde, darauf einigten sie sich.

Am Samstagabend sieht Angela besser aus als sonst, in einem pistaziengrünen Kleid kommen ihre blonden langen Haare besonders zur Geltung. Lange Ohrgehänge, grün geschminkte Augen, Puder und Lippenstift lassen sie ein wenig aufregend erscheinen. Commissario Pezzonis Charme gerät beinahe aus den Fugen. Wie genießt Angela diese leuchtenden Männeraugen!

Antonio kommt pünktlich und auch er betrachtet sie mit Wohlwollen. Bald gehen sie beschwingt die Straße entlang, die in die Richtung des Restaurants weist. Pezzoni verfolgt sie vorsichtig in einer unauffälligen Entfernung. Manchmal vernimmt er ein lautes Lachen, das er seiner Helligkeit nach nur Angela zuordnen kann. Ob es aufrichtige Fröhlichkeit oder nur Galgenhumor bedeutet, kann er schwer beurteilen.

Es dauert nicht lange und sie betreten das ausgesuchte Restaurant, ein italienisches natürlich, wo sofort ein Kellner erscheint, der sie zum bestellten

Tisch führt. Auf den ersten Blick sieht alles sehr gepflegt aus, bei genauerem Hinsehen erkennt man im gesamten Stil etwas Nachlässiges, Schmuddeliges. Trotzdem wirkt es insgesamt nicht ungemütlich, was den beiden entgegenkommt. Bald verspeisen sie mit Hingabe jeder eine Pizza Diabolo, dazu genüsslich eine Flasche Rotwein. Ihre Unterhaltung hat an Lebhaftigkeit noch nichts eingebüßt. Auch Pezzoni bestellt sich Pizza und Rotwein und wählt seinen Platz so, dass er die beiden immer im Auge behält.

Antonio erzählt von seiner Tätigkeit, die momentan im Geigenunterricht läge, den er in verschiedenen Städten ausübe. Eigentlich sei er von Umbrien, habe sich aber in Verona gut eingelebt und strebe danach, sich bald wieder weiter südlich niederzulassen. Das sei aber beruflich noch nicht möglich, vielleicht später. Angela genießt den Wein, sie schwebt bereits auf einer Wolke ihres kleinen Glücks. Commissario Pezzoni kann zwar ihrer Unterhaltung nicht unbedingt folgen, behält aber die Situation gut im Blick. Manchmal täuscht er Interesse an einer Lokalzeitung vor, die er immer wieder aufnimmt, um kurz darin zu blättern.

Pezzoni entgeht nicht, dass Antonio bereits seine Rechnung bezahlt und in die Richtung einer Bar deutet, die am anderen Ende des Restaurants liegt.

Hat doch auch Angela von einer Bar gesprochen, die attraktiv zu sein scheint. Auch Pezzoni verlangt die Rechnung. Nun muss er wieder unauffällig folgen. Er nimmt an der Theke der Bar Platz, die beiden anderen sitzen nicht weit von ihm an einem Ecktisch. Beide bestellen einen exotischen Drink – Brasilian Sky – die Bar sei für solche Drinks bekannt. Er trinkt einen Espresso, um wach zu bleiben. Die Bar füllt sich langsam mit mehreren Paaren. Es herrscht ein ziemlicher Lärm, zu dem auch noch eine schrille Hintergrundmusik beiträgt. Antonio stopft sich die Pfeife und verqualmt die Barluft entsprechend. Angela scheint nichts zu stören. Ungefähr nach zwei Stunden, in der Bar herrscht immer noch Hochbetrieb, erhebt sich Antonio und Angela folgt ihm bedenkenlos. Antonio geht auf den Barkeeper zu, flüstert ihm etwas ins Ohr, woraufhin dieser eine Seitentür öffnet, die beiden hinauslässt und die Tür dann wieder versperrt. Pezzoni, der sich inzwischen auch schon erhoben hat, kann den beiden nun nicht mehr folgen, denn ihm bleibt dieser Ausgang verwehrt.

Antonio führt Angela in ein kleines Nebenzimmer, für ein vertrauteres Zusammensein, wie er es ausdrückt. Ob sie das nicht auch wolle? Nein, nein, sie fühle sich hier abgeschieden, unbehaglich, eingesperrt. Sie sollten wieder zurückgehen, in der Bar wäre es doch sehr gemütlich gewesen. Aber Antonio besteht darauf zu bleiben, was Angela beunruhigt. Sie blickt sich um und sieht keine andere Türe, die nach außen führt. Was geht hier vor? Angelas Lebendigkeit stockt in aufsteigender Angst. Antonio meint, sie sollten die gemütliche Zweisamkeit genießen und bestellt mit seinem Handy eine weitere Flasche Wein. Bald dreht sich der Schlüssel im Schloss der Eingangstüre und der Kellner bringt das Gewünschte. Angela bittet diesen, die Türe nicht mehr zuzusperren, was dieser ablehnt, da es in diesem Haus für ein bestelltes Rendezvous so üblich sei. Die Angst verschlägt ihr die Stimme. Soll sie nun schreien? Was ist das für ein Mann, der ihren Wunsch nicht berücksichtigt? Wer ist er eigentlich? Außer Antonio weiß sie immer noch keinen Namen. Worauf hat sie sich da eingelassen! Sie sitzt vor ihrem vollen Glas Wein und lässt ein Chaos ihrer Gedanken zu. Gleich wird sie aufstehen, schreien, an die Tür schlagen, wenn er nicht auf sie reagiert. Sie will nicht diese Annäherung, nicht jetzt, wie sie sich doch in diesem Mann getäuscht hat! Ja, noch zwei Minuten, dann steht sie auf und versucht, den Raum zu verlassen. Sie zählt bis 60, dann noch einmal, bei 40 hört sie plötzlich das Schloss, die

Tür geht auf und zwei Herren betreten das Zimmer. Ihr Schwager –, ihr verschlägt es die Stimme, also doch ein Komplott. „Nein, ich wollte es nicht glauben", flüstert sie mit heiserer Stimme, dann immer lauter, „ich wollte es nicht glauben, Antonio, das du so ein Ekel bist! Hilfe, Hilfe, Hilfe" – schreit Angela, so laut sie kann. Die Männer halten sie fest, ihr Schwager legt seine Hand auf ihren Mund. „Du wirst jetzt dafür büßen, dass du der Polizei geholfen hast, und das soll eine Verwandte sein. Wir bringen dich jetzt von hier weg, dann wirst du schon sehen, was dich dein Verrat kostet!" Die drei Männer führen sie gemeinsam auf die andere Seite des Raumes, wo sich hinter einem Kasten eine Geheimtüre nach außen befindet. Angela kann sich nicht wehren, die Männerhände halten sie zu fest. Ihr wird mehr und mehr übel, sie bewegt sich wie eine Marionette und lässt alles mit sich geschehen. Draußen steuern sie auf einen großen weißen Mercedes zu. Das ist doch der Wagen von Rechtsanwalt Morricone? Natürlich, er sitzt im Wagen, um gleich loszufahren! Doch zuerst muss er die Beute einladen, diese „gute" Freundin, um sie dann auszuliefern. Angela muss sich gleich übergeben. Auf einmal – völlig unvorhergesehen – treten viele Gestalten aus dem Dunkel hervor, mit vorgehaltenen Pistolen und umkreisen sie, die Männer und den Mercedes. Angela wird schwarz vor den Augen, sie hört nur noch das Klicken von Handschellen, dann erlischt ihr Bewusstsein.

16

Angela erwacht in einem großen Fauteuil in der Bar. Commissario Pezzoni hält ihre Hand. Er zeigt sich erleichtert, als sie wieder die Augen öffnet. Er bringt gleich schwarzen Kaffee, um ihn ihr einzuflößen, das beste Mittel gegen die Ohnmacht, die sie gerade aufgrund eines Schocks erlitten hat.

„Aber nun ist es mit der Angst vorbei", meint Commissario Pezzoni liebevoll und legt auch ein kaltes Tuch auf ihre Stirn. Ihr Schwager, der Kopf der Betrügerbande, sei nun endlich hinter Gittern und alle anderen Betroffenen vorerst in Untersuchungshaft. Sie brauche sich jetzt keine Sorgen mehr zu machen, Polizei und Gericht werden das Ihre tun.

„Mein Lebensretter", ruft Angela laut und drückt dem Commissario einen festen Kuss auf die Wange. Commissario Pezzoni erlaubt sich, diesen Kuss gleich zurückzugeben, und zwar auf den Mund. Zu seiner Überraschung erwidert Angela

den Kuss leidenschaftlich. Und nach einigem Zögern fragt Commissario Pezzoni leise: „Darf ich Sie beziehungsweise dich dieses Mal nach Rom einladen und neben Ihnen oder dir sitzen?"
„Im Sightseeing-Bus?", meint Angela. „Lieber im eigenen Auto!", verbessert der Commissario.
Angela nickt heftig mit dem Kopf. Sie steht auf und lässt sich – wieder überraschend – in die schützenden Arme des Commissarios fallen – so – als wäre es für immer.

Zweiter Teil

Akkord in Moll

1

Angela beugt sich vor, um ein Holzscheit vom Stoß zu nehmen und es ins Feuer zu legen, damit es dann noch einmal heftig aufflammt. Dann verlässt sie den Raum. Irmgard rückt ihren Stuhl näher an den Kamin heran, sie will mehr Wärme spüren, wenigstens an ihrer Vorderseite, ihr Rücken bleibt kühl, so wie das übrige Haus.
„Wann haben wir uns das letzte Mal gesehen?, ruft sie Angela zu, die in der Küche etwas Essbares vorbereitet.
„Vor ungefähr zehn Jahren, als deine Tochter mit dem Gymnasium begann."
„Und du kamst gerade aus Rom, um einige Tage bei deiner Mutter zu verbringen. Du hast mir damals deine aufregende Geschichte geschildert, ich erinnere mich noch genau, sie hat mich lange beschäftigt. Was wurde aus dem Polzisten, dem du ganz verliebt nach Rom gefolgt bist? Erzähle, ich bin so neugierig auf deine Lebensgeschichte!"
„Aber ich auch auf deine, Irmgard!"

„Da gibt es nicht viel Aufregendes." Irmgard hält kurz inne, rückt allmählich ein wenig vom Kamin zurück, nachdem sich ihr sonst eher blasses Gesicht schon gerötet hat, fährt sich mit ihrer rechten zarten Hand durch ihre mittellangen, dunklen Haare und überlegt. Sie schlägt ihre Beine übereinander und knöpft sich ihre dicke Jacke auf. Sie lernten sich schon in der Schule kennen, maturierten in demselben Bozner Gymnasium und haben viel Zeit miteinander verbracht, bis zu einem bestimmten Tag. Manchmal fühlten sie sich wie Schwestern, in manchem ähnlich, dann wieder doch nicht. Nicht nur die Haarfarbe unterschied sie deutlich voneinander.

„Mein Leben als Ehefrau und Lehrerin in Innsbruck war und ist unspektakulär, keine außergewöhnlichen Wellengänge, der Wind blieb aus."
„Hier sind heißer Tee, Brötchen und Kekse." Angela stellt ein schweres Tablett auf den Tisch neben dem Kamin. Sie reicht Irmgard eine Tasse Tee, gießt sich selbst ein und nimmt im großen Ohrensessel neben ihr Platz. Beide, zwei sehr attraktive Frauen Ende vierzig, lehnen sich gemütlich zurück, nippen an ihrem Tee und genießen ihr Zusammensein.

Beide blicken aufmerksam in das unentwegt flackernde Feuer und lassen nun darin ihre vergangenen Jahre immer wieder aufleuchten.

„Erzähl endlich", auf ihrem wiederholten Wunsch beharrend, „wie ging es weiter mit dir, was machst du jetzt?"

„Du wirst es nicht glauben, ich unterrichte einige Stunden Zeichnen in einem Berliner Gymnasium."

„Wie das? Du bist doch keine ausgebildete Lehrerin!"

„Ja, alles kommt oft anders. Rom konnte mich nicht halten, nicht mit diesem Polizisten. Auch wenn er mein Lebensretter war, ich mich ihn verliebte, trotzdem, sein Leben und meines, wie ich es mir für mich vorstellte, passten nicht zusammen. Er benötigt für sein Leben, seinen Beruf Tatsachen, ich Phantasien. Natürlich könnte sich dies auch ergänzen, aber in diesem Fall beengte es mich. Also kehrte ich wieder einmal zu meiner Mutter nach Bozen zurück."

„Und wir sind uns nie begegnet?"

Lange haben Misstöne unsere Freundschaft begleitet, dachte Irmgard, auch sie hat ein Wiedersehen nicht herausgefordert.

„Wenn einen Probleme zu ersticken drohen, zieht man sich eher in Vertrautes zurück."

Irmgard schweigt darauf kurz, sie weiß, dass sie nicht mehr die Freundin sein konnte, der man sich in großer Not anvertraut. Angela, der leibhaftige Engel und sie das Gegenteil, eine misstrauische und in sich düstere Person. Hätte sie doch ein wenig von dieser gewinnenden und naiven Art! Immer war es Angela, die Freunde gewann, in die sich sämtliche junge Männer verliebten, immer war sie die zweite, die man mitnahm, duldete, weil sie ja die Freundin war. Manchmal hielt sie das nicht mehr aus, wollte ausbrechen, was sie aber doch nie tat. Aber einmal, ja einmal wollte sie sich rächen. Aber es war vorbei, Jahre verdeckten die Schwächen ihrer Verbindung, gewolltes Vergessen machte der wiederauflebenden Freundschaft Platz.

Angela gießt Tee nach und lehnt sich zurück.

„Die Ehe mit Francesco gehörte schon längst der Vergangenheit an. Das Malen verpflichtete mich vorerst zu keiner beruflichen Anstellung. Schließlich begleitete ich meine Mutter auf eine Kur nach Bad Gastein in Österreich – ein kleiner reizvoller Gebirgsort – und organisierte dort eine Ausstellung mit meinen Bildern." Angela hält kurz inne. Sie nippt an ihrem Tee und nimmt eine aufrechtere Sitzhaltung ein. Begeistert setzt sie ihre Geschichte fort.

Zur Vernissage seien zahlreiche Neugierige erschienen, darunter auch ein Schuldirektor aus Berlin, den sie mit ihren Bildern derart überzeugte, dass er sie zu einem Gespräch in sein Ferienhaus eingeladen habe. Sie sei dem nachgekommen und herzlichst empfangen worden. Er habe ihr vorgeschlagen, einige Zeichenstunden in seiner Schule zu übernehmen, wobei ihr noch genug Zeit bleiben sollte, daneben künstlerisch zu arbeiten. Er würde sich um die Formalitäten kümmern und ihre Anstellung verantworten. Bei Zeichenlehrern gäbe es momentan einen Engpass und er suche sich die Lehrer gerne selbst aus. Dieser Mann besitze Charme, Überzeugungskraft und habe von Berlin in einem Ausmaß geschwärmt, dass er ohne Bedenkzeit ihre Zusage erhalten habe. So sei sie zu diesem Job gekommen.
„Und wie hast du das alles bewältigt? Ohne Unterrichtserfahrung, ohne Freunde in einer fremden und großen Stadt?"
„Einerseits handelte es sich um ein großes Gymnasium – das Berliner Gymnasium – mit zahlreichen Kollegen, die mich sehr herzlich in ihren Kreis aufnahmen, andererseits erschloss mir diese Herausforderung andere Bereiche und Zugänge zu neuen, liebenswerten Menschen."
„Du bist also nicht einsam in dieser Stadt?"

„Keinesfalls. Kontakte zu knüpfen fiel mir in Berlin nicht schwer. Außerdem gibt es da noch jemanden, der mir häufig Gesellschaft leistet. Ein gewisser Robert Markus – Maler und Schriftsteller, den ich ein halbes Jahr später kennenlernte."
Wie schnell sie immer Männer kennenlernt, denkt Irmgard.
Auch damals, nach dem Maturaball, kam sie frühmorgens mit ihrer neuen Eroberung zu mir, meiner Einladung zu einem Frühstück folgend. Gerade mit Thomas, in den ich selbst ein wenig verliebt war. Wenn es doch wer anderer gewesen wäre, aber nein!
Schließlich traf ich mich mit Thomas in den nächsten Wochen und ignorierte sie völlig.
Das nahm sie mir lange zu Recht übel, ich fühlte mich einmal, wenigstens dieses eine Mal, neben ihr bestätigt.
Angela steht auf, um das Fenster zu schließen.
Dann erzählt sie weiter.
„Um mich ein wenig zu zerstreuen, suchte ich das Literaturcafé in der Fasaneriestraße auf, stöberte dort im angrenzenden Buchgeschäft, kaufte mir wieder einmal eine Ausgabe von Rilke-Gedichten und wählte einen idyllischen Tisch unter den Bäumen aus, um mich ein wenig in andere Welten zu versenken. Hier sprach er mich an, Robert

Markus, ob er sich zu mir setzen könnte, und so hat alles begonnen."
„Lebt ihr zusammen?"
„Nein", das will er nicht, er benötigt seine Freiheit und seine ungestörte Ruhe. Auch ich will mich in keine größere Abhängigkeit mehr begeben. Jeder wohnt für sich allein und das kommt der künstlerischen Arbeit sehr entgegen.
„Wo wohnst du in Berlin?
Ich habe in Kreuzberg eine kleine Wohnung gefunden, im 5. Stock, mit Balkon und einem herrlichen Blick auf die Stadt. Zusätzlich kann ich noch einen Dachboden benützen, den ich als Atelier gestaltet habe. Hier fühle ich mich beim Arbeiten sehr wohl. Inzwischen liebe ich mein neues Zuhause, mein eigenes Reich, in dem ich die Harmonie finde, die ich suche."
„Was schreibt dieser Robert Markus?"
„Alles Mögliche. In erster Linie Romane und Erzählungen, daneben auch Essays, Kritiken, manchmal auch Expertisen über Bilder, da er sich ebenso viel mit Malerei beschäftigt. Wir haben auch deshalb begonnen, zusammenzuarbeiten. Zum Beispiel entwerfe ich das Cover für seine Bücher oder er schreibt zu meinen Bildern Texte. Eine spannende und schöne Arbeit, die mich sehr glücklich macht."

„Ist er älter als du?"
„Ja, bald sechzig. Aber noch sehr gut aussehend, ein begehrenswerter Mann."
„Nur für dich begehrenswert oder auch für andere?"
„Ich habe den Eindruck, dass er von mehreren Frauen verehrt wird und das auch genießt. Es stört mich nicht."
Irmgard blickt sie ungläubig an. Manches könne man sich auch einreden, denkt sie. Wie naiv sie immer noch ist! Und auch immer wieder vom Glück überzeugt.
Irgendwie beneidet sie Angela um ihr abwechslungsreiches Leben, ihre neuen Bekanntschaften und Herausforderungen. Aber inzwischen schätzt sie auch den für sie sicheren Schutz eines geordneten und gewohnten Alltags. Irmgard liebt es nicht, die Füße vom Boden abzuheben. Die vergangenen Jahre haben sie immer mehr einer Wirklichkeit angenähert, in der Angela nicht Halt finden konnte, vielleicht auch nicht wollte.

Plötzlich läutet Angelas Handy. Sie nimmt den Anruf entgegen und ihre gute Stimmung verliert sich im nächsten Augenblick. Die Kurärztin teilt ihr mit, ihre Mutter hätte einen Schwächeanfall gehabt, es gehe ihr jetzt wieder besser, ob sie sie aber trotzdem so bald wie möglich besuchen kommen könne. Angela nickt und gibt einer Selbstverständlichkeit Nachdruck.

„Morgen muss ich nach Bad Gastein fahren, meiner Mutter wegen, ihr geht es nicht gut. Es wird ein paar Tage dauern, bis ich wieder zurückkehren kann. Ich werde meine Nachbarin, Frau Keller, bitten, inzwischen das Haus ein wenig im Auge zu behalten, zu lüften, die Blumen zu gießen, die Post nachzusehen – was so anfällt."

„Das könnte ich aber auch für dich tun, ich habe jetzt Zeit genug, es sind ja schließlich Ferien."

Angela überlegt. Kann sie Irmgard das Haus wirklich anvertrauen? Wo sie sie doch schon einmal hintergangen hat? Sie zögert mit der Antwort. Aber schließlich ist auch Irmgard reifer und erwachsener geworden, hat keinen Grund mehr, eifersüchtig zu sein, ist sie doch gut verheiratet und anscheinend glücklich. Nach so vielen Jahren muss man auch manches verzeihen können. Sie versucht es.

„Für diese Aufgabe sollte ich aber mit dir durch das Haus gehen und dich auf einiges aufmerksam machen."

Die beiden Frauen erheben sich aus ihren Kaminstühlen und beginnen einen Rundgang durch das große Haus.

Zuerst zeigt ihr Angela alle Pflanzen im Haus und Garten, die eventuell Wasser benötigten, dann macht sie Irmgard mit den Fenstern vertraut, die man zum Lüften öffnen und wieder gut verschließen könnte und wohin sie schließlich die Post legen solle, damit man ihre Abwesenheit nicht bemerke. Schließlich gebe es doch einige Kunstschätze in diesem Haus, vor allem die Bilder, die sie Irmgard gleich zeigen wolle.
Angela beginnt mit ihrer Führung im Erdgeschoß, im großen Zimmer neben dem Kaminraum, wo einige Gemälde ihrer Vorfahren hängen. Große Ölbilder, die schöne Menschen in alten Trachten zeigen und vor allem für die nachkommenden Generationen von Bedeutung sind. Angela weiß nur von dem einen oder anderen, es ist ihr nicht möglich, alle zuzuordnen. Im angrenzenden Vorzimmer zeigt Angela auf einige Landschaftsbilder von alten Meistern des 19. Jahrhunderts, wobei sie vor einem Bild hält und erklärt, es sei ein echter Rudolf von Alt, eines ihrer Lieblingsbilder.
Im ersten Stock des Hauses begegnen Irmgard auch wieder Landschaften im Stil der romantischen Malerei, hier findet sie aber auch modernere Bilder aus der Zeit der Jahrhundertwende und später. Ein Bild hält ihren Blick gefangen, und zwar das Selbstportrait von Paula Moderson Be-

cker, einer Malerin, die ihrer Zeit damals schon weit voraus und eine von den Nationalsozialisten diffamierte Künstlerin war, dadurch erst später Geltung erlangte. Angela sei vor einigen Jahren bei einer Versteigerung auf dieses Bild gestoßen und habe sich gleich für diese Malerin und ihr bemerkenswertes Leben begeistert. Obwohl es von ihr zahlreiche Selbstportraits gebe, sei der Kauf dieses einen unerschwinglich gewesen. So habe sie sich eine Kopie davon anfertigen lassen. Beckers Freundschaft mit dem Dichter R. M. Rilke in Worpswede, der sich auch auf Schloss Duino in der Nähe von Triest aufgehalten hat – dort die Duineser Elegien schrieb – verband Angela auf besondere Art mit dieser Malerin. Angela zeigt noch auf ein anderes Bild von Becker – leider auch nur eine Kopie – das Original wäre unbezahlbar und hänge im Museum in Bremen, und zwar „Liegende Mutter mit Kind", ein sehr berührendes Bild, kennt man das Schicksal dieser Malerin, die ihr Muttersein aufgrund ihres frühen Todes nicht lange erleben durfte.

Irmgard lernt auch den zweiten Stock des Hauses kennen, wo Angelas beste eigene Bilder untergebracht sind. Jedes dieser Bilder hat einen hohen Wert erreicht, was Angela hier im obersten Winkel

des Hauses schützen und aufbewahren möchte.
Irmgard beeindrucken besonders die Meeresstudien und sie beginnt Angela für ihre Kunst zu bewundern. Besonders lange verweilt sie vor dem Bild „Geld und Gier", auf dem eine schillernde Geige das Thema angibt, ein Bild, das Angela einst in ihrer Verzweiflung am Meer in Triest gemalt hat, in dem alle Abgründe ihrer Seele in das Tiefblau des Meeres tauchen. Nebenbei bemerkt Angela, für dieses Bild zwei Auszeichnungen erhalten zu haben.
Plötzlich schlagen einige Fenster zu, ein starker Wind beginnt sich anzukündigen, Angela beeilt sich, alles zu schließen und Irmgard verlässt eiligst das Haus, um noch vor dem sich ausbreitenden Sturm ihre Eltern zu erreichen, die Hausschlüssel Angelas noch rasch in das sicherste Fach ihrer Handtasche schiebend.
Als Angela in das Zimmer zurückkehrt und das Kaminfeuer einzudämmen versucht, erscheint es ihr, als sei sie viele Jahre zurückgefallen, in denen ihre Jugend das Leben bestimmte.

2

Die Sommertage kehren zurück. Nach einer kühlen Regenperiode erwacht die Natur wieder zu voller Blüte. Die Wiesen strahlen in noch grünerem Grün und die Pflanzen strecken ihre Blüten hoch in den Himmel, vor Freude über die erfahrene Feuchtigkeit und die wiederkehrende Sonne. Angela, noch beeindruckt von der Schönheit der österreichischen Berge und ihrer malerischen Täler, zufrieden über die Genesung und gute Betreuung ihrer Mutter, betritt den Garten mit den Augen und der Gestaltungskraft einer Malerin, um die wunderbaren Momente des sich wiederholenden Werdens in sich aufzunehmen. Die Sonne scheint ihre Kraft des Sommers wieder zurückgewonnen zu haben und heizt den Platz vor dem Haus schon kräftig auf, sodass Angela die Tische und Stühle auf der Terrasse im Schatten aufstellt. Gleich erwartet sie wieder Irmgard, um ihr für ihre Hilfe zu danken und mit ihr weiter zu plaudern. Ihre Geschichten sind ja noch lange nicht zu Ende.

Wieder ein Anruf. Angela nimmt bedächtig das Handy auf. Robert meldet sich. Er sei mit einem Verleger und dessen Sekretärin am Sonntag in der Nähe von Bozen und würde sich freuen, bei ihr vorbeizukommen. „Natürlich, ich freue mich sehr, kommt zum Essen, so haben wir dann noch den Nachmittag für uns. Ich erwarte euch!"

Inzwischen hat Irmgard den Garten betreten und die Hausschlüssel auf den Tisch gelegt. Angela begrüßt sie herzlich und reicht ihr eine große Schachtel Pralinen zum Dank.
„Am kommenden Sonntag musst du auch kommen, du hast die Gelegenheit, Robert kennenzulernen! Ich werde ein gutes Essen vorbreiten, Kuchen, Kaffee, alles, was wir so wollen."
Irmgard nickt erfreut und nimmt in ihrem Liegestuhl Platz. Sie hält ihr Gesicht ohne Unterbrechung der Sonne entgegen, als ob diese jegliche Freude zu verschenken hätte. Es scheint, als ob sich beide Frauen in einem Schwebezustand befinden, der sie von ihrer Erdgebundenheit trennt, jegliche tiefsitzende Ahnung einer Veränderung verdrängend.

3

„Irmgard, könntest du die Türe öffnen und die Gäste empfangen?"
„Natürlich, ich gehe!"
Irmgard ist schon früher bei Angela eingetroffen, wieder steht die Sonne ungetrübt am Himmel und verbreitet großzügig ihre Wärme. Angela hat im Garten wunderschön gedeckt, ein Sonnenschirm neben einem großen Ahornbaum spendet zusätz-

lichen Schatten und lässt den Ort angenehm kühl erscheinen.

Irmgard führt die Gäste herein, Robert, seinen Verleger und die Sekretärin. Angela begrüßt alle sehr herzlich, ein kleines Glas Sekt zum Empfang steht bereit und schon ist Freude ins Haus eingekehrt. Angela erwartet noch ihre Schwester, die sich überraschend kurz vorher gemeldet hat, da sie sich auf der Durchreise nach Bad Gastein befindet, um ihre Mutter dort in einem Kurhaus zu besuchen. Viktoria, die Schwester, lebt noch in Triest, aber von ihrem Mann getrennt, den sie nach seiner Verurteilung verlassen hat. Jetzt scheint sich die schwesterliche Beziehung wieder ein wenig eingependelt zu haben, das Unglück beider hat sie einander nähergebracht.

Irmgard findet Gefallen an Robert, einem sehr ruhigen, bedächtigen, großen, gut aussehenden Mann, schon ein wenig grau, aber seine sanften, dunklen Augen blicken noch mit großem Interesse ins Leben. Von Rückzug oder Resignation ist hier nichts zu spüren. Der Verleger scheint jünger an Jahren, ein aufgeschlossener Mann mit viel Schalk. Die Sekretärin müsste in Angelas Alter sein. Irmgard bewundert an ihr einen natürlichen Charme, der ihr trotz unermüdlicher Berufspräsenz und großstädtischer Prägung noch geblieben ist.

Es dauert nicht lange, betritt Viktoria die Terrasse und schließt die Runde, die sich zum Essen eingefunden hat. Sie wirkt größer als Angela, noch schlanker, erscheint gut und teuer gekleidet und bleibt mit ihrem ein wenig verhärmten Gesichtsausdruck auf Distanz. Eine leichte Arroganz oder doch ein kühles Naturell, überlegt Irmgard, richtet aber bald ihr Interesse wieder auf Robert und Angela, der sie helfend zur Seite stehen möchte.

Das Essen mundet ausgezeichnet. Die Reihe der angebotenen Speisen ist lange und keiner kann ihnen widerstehen. Mit belebendem Kaffee vertiefen sich die Gespräche und der Nachmittag lässt bald dem Abend den Vortritt. Niemand bemerkt das Schwinden des Tages, es dunkelt schon und ein plötzlich kühler Wind macht der Gemütlichkeit im Garten ein Ende.

Zuerst verabschiedet sich die Schwester Angelas, gelöster als zuerst, um ihre Reise nach Österreich fortzusetzen. Die anderen betreten das Haus und lassen sich im großen Kaminzimmer nieder, auf einen Abschiedstrunk, meint Angela. „Auch könnte ich euch noch durchs Haus führen und euch meine Bilder zeigen!", womit sie auf völliges Einverständnis stößt.

Ein Handy läutet. Der Verleger meldet sich mit „Hajek". Er zeigt sich sehr überrascht. „Natürlich kannst du vorbeikommen, wir befinden uns zwar kurz vor dem Aufbruch, aber ein wenig Zeit bleibt noch. Hast du den Auftrag mit den Kunden gut erledigt? Gut! Dann komm schnell vorbei. Wir warten noch auf dich. Sonnenallee 12."
Inzwischen könnte ich noch ein paar Getränke auf den Tisch stellen", bemerkt Angela, und verlässt den Raum.
Nach kurzer Zeit schon hören sie die Glocke läuten und eine große, dunkle, sehr attraktive Frau steht vor der Tür. Angela bittet sie herein. Diese blickt sich um, geht direkt auf Herrn Hajek und Robert zu und begrüßt diese auf eine sehr vertraute Weise. Es folgt ein berufsinterner Wortwechsel und Informationsaustausch, der Angela und Irmgard vom Gespräch völlig ausschließt und sie zu Marionetten eines Geschehens werden lässt. Um diesem ein Ende zu bereiten, bietet Angela dieser Frau mit Namen Stefanie Hauser ein Glas Sekt an und bittet darum, ihre Hausführung beginnen zu können, auf die schon fortgeschrittene Zeit hinweisend.

Angela erhält für die Bilder viel Bewunderung und Aufmerksamkeit, besonderes Lob aber für ihre selbst gemalten Bilder. Robert schließt sie in die Arme, küsst sie und bezeichnet sie als seine größte Muse.

In den Augen beider Frauen vermutet Angela ein gewisses Maß an Missbilligung. Sie weiß aber um ihre große Einbildungskraft und verwirft den Gedanken wieder.

Ein dunkles Wolkenband nähert sich, ein Gewitter kündigt sich an. Angela warnt ihre Besucher, die nun ohne zu zögern aufbrechen.

Angela und Irmgard winken noch lange dem eleganten Audi des Verlegers hinterher, Stefanie Hauser schließt sich diesem an.

Nachdem sich auch Irmgard verabschiedet hat, bleibt nun Angela alleine zurück. Mit langsamen Schritten durchquert sie den Garten und genießt die wieder eingekehrte Stille. Und wie sie den Nachmittag gedanklich an sich vorbeiziehen lässt, hat sie das dumpfe Gefühl, eine Schlacht bestanden oder vielleicht doch gewonnen zu haben. Sie trägt aber unbewusst etwas Schweres mit sich ins Haus, und zwar den Gedanken, dass nicht jeder Schlacht ungestört Frieden folgen muss.

Die Nacht lässt nicht mehr lange auf sich warten und bringt einen kühlen und starken Wind mit, der den dunklen Wolken vorausgeht. Angela lässt einstweilen noch die Fenster offen, um die nächtliche Kühle durchs Haus streifen zu lassen, setzt sich in ihren großen Ohrensessel vor dem Kamin und nickt ein.

Plötzlich wird sie aus dem Schlaf gerissen. Fenster schlagen zu, ein Sturm fegt durchs Haus und ein unbestimmtes Geräusch im Garten lässt sie aufschrecken. Hat der Wind etwas zerbrochen? Sie steht auf und beeilt sich, alles zu schließen, im Garten nach dem Rechten zu sehen, kann aber nichts entdecken. Ein wenig verstört sucht sie ihr Schlafzimmer auf, um hier wieder die Ruhe und Sicherheit zu finden, aus der sie soeben gefallen war.

Der nächste Morgen verteilt eine vom Regen gereinigte Luft über die Stadt. Angela betritt zuerst den Garten, um tief einzuatmen. Sie blickt gespannt umher, kann aber nichts Auffälliges entdecken.

Zurück im Haus, kontrolliert sie nochmals alle Fenster, auch die im 2. Stock, obwohl sie sich sicher ist, dort nichts geöffnet zu haben. Zufrieden und beruhigt kehrt sie wieder um. Aber war da nicht eine Veränderung? Sie dreht sich noch einmal um und blickt zurück. Doch! Ein weißer Fleck macht sich dort breit, wo ein Bild gehangen hat, aber nicht irgendein Bild – ihr Bild – ihr bestes und teuerstes – „Geld und Gier"! Sie kann es

nicht fassen, geht zur Wand, berührt diese, vielleicht ist es nur eine Einbildung, aber nein, kalt und leer ist sie, diese Wand, leer, leer!
Angela ist entsetzt, ein Schock überfällt sie, ihr wird schwarz vor den Augen. Sie setzt sich schnell auf den Boden, lehnt den Rücken an die Wand, alles dreht sich, sie schreit verzweifelt in den Raum. „Wo ist mein Bild!" Ihre Schreie münden erst nach Langem in lautes Schluchzen, als ob sie alle dunklen Seiten der Vergangenheit, alle Lieblosigkeiten und Enttäuschungen herausweinen müsste.
Sie erhebt sich nach dieser ersten Erschütterung und durchsucht alle Räume, ob hier Spuren zu erkennen wären oder dieses Bild doch woanders hingetragen worden sei. Aber die Hoffnung zerschlägt sich bald, nur nicht die Erkenntnis, dass sich ihr Glück, dem sie offensichtlich auch immer wieder begegnet, seinen Schatten nicht verbergen kann, einen frechen, vorlauten, sich in den Mittelpunkt drängenden Schatten, der in der Lage ist, alles Gute völlig zunichte zu machen.

4

Ihre Mutter will sie mit dieser Nachricht nicht belasten. Ihre Schwester zu verständigen erscheint ihr trotz allem noch wie das Betreten einer Eisfläche. Auch Robert wird sie nicht anrufen. Gerade noch als strahlende Muse in seiner Gegenwart, sollte er sie noch länger als diese mittragen. Denn die dunklen Seiten des Lebens werfen oft – wie ein Spiegel – einen Schatten zurück.

Am späteren Vormittag, als sie sich wieder in den neuen Tag gefügt hat, beschließt sie, Irmgard anzurufen. Aber diese sei – nach der Aussage ihrer Eltern – bereits abgereist. Auch ihr Handy lässt keine Verbindung zu. Warum hat Irmgard diese frühe Abreise nicht erwähnt? Ratlos starrt Angela vor sich hin, wieder einmal ist es jemandem gelungen, ihre wieder gewachsenen Flügel zu stutzen. Wer ist es, dessen Missgunst sich ihrer Person bemächtigt hat? Denn es kann sich nur darum handeln, ein anderes Motiv scheint ihr ausgeschlossen. Ein Wertediebstahl wäre bei einem anderen Bild eher angebracht.

Wer könnte ihr jetzt zur Seite stehn? – Kommissar Faletti! Oder gibt es schon einen Nachfolger?

Sie wählt die Nummer des Präsidiums – und wird sogar gleich mit ihm verbunden. „Kommen Sie

vorbei, ich habe Sie noch gut im Gedächtnis", antwortet er rasch auf Angelas Anfrage.
Im Präsidium erwartet sie ein höflicher älterer Herr, dessen Gesicht berufsbedingt von Misstrauen geprägt ist. Angela sitzt nun – ungefähr zehn Jahre später – auf demselben Stuhl wie damals und befindet sich wieder in einer verzweifelten Verfassung. „Dieser Fall scheint nicht so spektakulär zu sein wie Ihrer von damals, aber auch dieser muss aufgeklärt werden. Übermitteln sie mir alle Erkundigungen und Recherchen, dann wird sich vielleicht bald ein klares Bild beziehungsweise eine Lösung ergeben. Ich werde Ihnen natürlich zur Seite stehen."
Die überaus freundliche Begegnung mit dem Kommissar Faletti lässt Angela mit leichtem Schritt auf die Straße treten. Diese entgegenkommende Bereitschaft gibt ihr einen Moment das Gefühl, über ihre Vergangenheit hinwegzuschweben. Aber es dauert nicht lange, holt sie eine Realität wieder zurück auf eine harte Erde.
Als sie ein Café in der Nähe des Präsidiums betritt, entdeckt sie ein Plakat neben der Eingangstür, das ihren Blick gefangen nimmt:
Einladung zur Vernissage – Aquarellmalerei – Anja Römer – Café Burghof... Anja Römer, Anja Römer! Das ist doch ihre Kollegin aus Berlin, die auch

Zeichnen am Berliner Gymnasium unterrichtet! Immer freundlich, aber distanziert. Wie kommt diese Anja Römer auf die Idee, in Bozen auszustellen? Dass sie Bilder malt, weiß sie, aber eine Ausstellung in Bozen? Sie hat ihr doch einmal erzählt, dass sie in Bozen zuhause ist. Warum hat sie sie deshalb nie angesprochen, wäre doch naheliegend gewesen? Oder hat sich diese Ausstellung erst so spät ergeben? Ihre Handynummer wäre im Internet leicht zu finden. Wahrscheinlich keine Zeit oder kein Interesse. Aber wo sich doch berufliche Annäherungen ergeben könnten?
Angela blickt auf das Datum der Vernissage: 28. Juli, 11 Uhr. Schon vorbei… Das war doch der Tag, an dem Robert, der Verleger, ihre Schwester und die anderen sie besuchten! Dieser Zufall macht Angela stutzig, auch wenn es wahrscheinlich nichts zu bedeuten hat.

Angela beschließt, in Kürze nach Berlin abzureisen. Die Ferien neigen sich dem Ende zu und Robert wartet schon auf ihre Rückkehr.
Aber vor ihrer Abfahrt muss sie noch mit ihren Nachforschungen beginnen. Sie zieht sich in das Haus zurück, schließt alle Fenster und Türen und setzt sich an ihren Computer.

Sie beginnt mit *Anja Römer*:
Akademische Malerin, vorwiegend Aquarellmalerei, Ausbildung in Berlin, unterrichtet am Berliner Gymnasium, Ausstellungen in Berlin, Innsbruck und Bozen.
Innsbruck? Ob sie Irmgard kennen gelernt hat? Nein, das wäre zu viel des Zufalls.
Verschiedene Preise. Auch für Verlage tätig, Buchumschlaggestaltung.

Interessant, auch hier sind wir Kollegen, denkt Angela. Ob sie auch Robert und Herrn Hajek kennt? Alles nur Spekulation! Aber auch in einer Großstadt wie Berlin gibt es Berührungspunkte von ähnlichen Interessens- und Berufsgruppen.
Anja Römer, eine Frau in ihrem Alter, ledig, attraktiv, selbstbewusst – eine beeindruckende Persönlichkeit. Aber unzugänglich. Angela hat öfter ihre Bekanntschaft gesucht, aber ohne Erfolg. Irgendetwas musste sie an ihr gestört haben. Aber darüber hat sie nie nachgedacht. Liegt doch nicht jeder jedem. Aber vielleicht gibt es noch einen anderen Grund?
Die Bilder, die sie auf der Homepage von Anja Römer abgebildet sieht, findet sie interessant, beeindruckend.

Dann gibt Angela ein: *Lydia Wieland* – die Sekretärin Hajeks. Beim Begrüßen erwähnte sie wiederholt ihren Namen, so ist er Angela in Erinnerung geblieben. Hier kann sie aber nichts finden.

Nun fehlt noch der Name *Stefanie Hauser*:
Lektorin in verschiedenen Verlagen – zuletzt Mitarbeiterin vom Verlagshaus A. Hajek, vor allem im Bereich der Kunstbücher… Studium der Kunstgeschichte, Germanistik und Grafik in Berlin…

Auch bemerkenswert, diese Biografie. Ob sie Robert näher gekannt hat, auch einmal seine Muse war oder auch Anja Römer? Alle alleinstehende Frauen – so wie sie jetzt – die sich durch die Kunst verbunden fühlen – möglich wäre es? Wie soll sie sich nun bei Robert verhalten? Jedenfalls ist Zurückhaltung geboten. Sie wird ihm nicht so offen wie bisher gegenübertreten, auch mit dem Risiko, dass sie ihm Unrecht tut.
Und als sich schließlich ihre schon müden Augen einer späten Stunde verweigern und sie unfreiwillig ihr Bett aufsucht, begleiten sie schwere Gedanken in einen unruhigen Schlaf.

5

Angela sitzt bereits im Zug nach Berlin. Er gleitet so leicht und schnell dahin, wie auf leisen Sohlen. Die vorbeiziehende Landschaft mit ihren grünen Wäldern und idyllischen Städtchen regen ihre Phantasie an, in der so manche Märchenfigur vor ihre Augen tritt und ihr kindliche Erinnerungen schenkt. In den sechseinhalb Stunden von München nach Berlin eröffnet sich eine gewisse Zeitlosigkeit, die Raum für geistige Abenteuer gibt. Sie sitzt nun endlich alleine und hat Gelegenheit, sich ungestört der Lektüre, den Gedanken und auch dem Schreiben hinzugeben. Doch ihre Gedanken überlagern jede Tätigkeit, sie drängen sich ständig in den Vordergrund und beherrschen sie unentwegt. Wie soll alles weitergehen? Ist Berlin die Stadt ihrer Zukunft? Kann sie Robert wirklich vertrauen? Er wird da sein, am Bahnsteig, er freue sich sehr, sagte er am Handy. Ein angenehmes Gefühl, erwartet zu werden. Nur diesmal erscheint ihr diese Erwartung wie ein offener Hafen, der eine Ungewissheit in sich trägt.
Wie unbeschwert fühlte sie sich damals, in glücklichen Tagen mit Francesco! Wie Gewichte hängen ihre Erlebnisse und Erfahrungen nun an ihren Gefühlen, sie beschweren, ziehen, machen müde.

Anstelle von Leichtigkeit empfindet sie einen stets wachsenden Panzer um ihre Seele. Wie soll sie da noch Bilder malen, Bilder, die die Welt von innen öffnen?

Der Zug fährt im Hauptbahnhof Berlin ein, pünktlich. Angela steigt aus, ihr schwerer Koffer wird ihr von einem jungen Mann nachgereicht. Dann steht sie kurz verloren zwischen dahineilenden Menschen. Sie winkt Robert, bis er sie entdeckt. Schon schließt sich sein Arm um sie und sie spürt seinen Mund auf dem ihren. Sein anderer Arm übernimmt den schweren Koffer, der dann neben ihr her rollt und so sein Gewicht verbirgt. Im aufgeregten Geplauder, das eine Ankunft und Wiederbegegnung auslöst, nimmt Angela die Menschen um sie kaum wahr, alles fließt an ihr vorbei. Bald sitzt sie im Auto und fühlt sich erst jetzt richtig angekommen.
Angelas Augen blicken auf Robert. Ruhig und bedächtig lenkt er das Auto. Er wirkt überlegen und gefasst, kein Überschwang, keine Ausgelassenheit, kein Wort zu viel. Ist es eine Maske, die er trägt? Die er bei Frauen wirkungsvoll einsetzt? Angela beschäftigen viele Fragen, die ein Misstrauen losgetreten haben. Auch sie lässt ihren Worten nicht freien Lauf, wägt ab, bleibt wort-

karg. Ihre Gemeinsamkeit erhält somit etwas Befremdliches, Neues, wieder zu Eroberndes. Angela versucht, sich von allem Negativen zu befreien und zeigt schließlich ihre Freude, wieder in Berlin zu sein.

In Kreuzberg parken sie ihr Auto, um in der Bergmannstraße ein kleines Straßenrestaurant aufzusuchen. Beide lieben sie diesen Ort.

Ob er heute bei ihr bleiben würde? Ihre gemeinsamen Nächte sind gezählt. Manchmal hat sie das Gefühl, er weiche ihnen aus, fühle ein Missbehagen und dies sei nicht nur bei ihr der Fall. Den zahlreichen Freundinnen nach ist zu schließen, Robert vertrage Frauen nur in Maßen. Lieber eine neue als mit einer eine tiefere Beziehung.

Bald sitzen sie sich im Freien gegenüber, ein kleiner Eisentisch trägt zwei Sektgläser und sie stoßen auf ein neues Jahr in Berlin an. Robert versichert wiederholt seine Freude über ihr Kommen, er hätte eine Überraschung für sie. Gespannt bestellt Angela ein italienisches Nudelgericht, um sich mit ihrer Heimat noch ein wenig verbunden zu fühlen. Robert bleibt bei deutscher Kost. Ein schwerer Rotwein wird in Gläser gefüllt und jeder

Schluck lässt beide näher zusammenrücken und ihre Augen leuchten.

„Nun, welche Überraschung erwartet mich?", fragt Angela ungeduldig. Robert lehnt sich zurück, nimmt einen großen Schluck. „Wir fahren nach Nizza." „Wie kommst du darauf?", antwortet Angela neugierig. „Es gibt eine Ausstellung in Nizza, an der ich beteiligt bin. Der Galerist hat mich zur Vernissage gebeten, mit Begleitung natürlich. Eine gute Gelegenheit, die Coté Azur von Nizza kennen zu lernen. Es sind knappe drei Tage. Wohnen würden wir bei dem Galeristen, einem gewissen Albert."
Angela hält kurz inne, sie überlegt, ob es ihr Zeitplan zulasse. „Ich werde darüber schlafen. Morgen sage ich dir Bescheid. Aber lass mich erst zu mir kommen."

Es wäre das erste Mal, dass sie mit Robert verreist, auch mit ihm mehr Zeit verbringt. Die Begegnungen bisher beschränkten sich auf kürzere Zusammenkünfte, gemeinsame Arbeiten, Spaziergänge, Abende, vielleicht auch vereinzelte Nächte. Aber immer wieder handelte es sich um Annäherungen, hinter denen sie bei Robert eine Angst vermutet, sich zu verlieren, sich auszuliefern. Un-

gewöhnlich für sein bisheriges Verhalten erscheint ihr die Einladung, ihn zu begleiten.
Wieder zurück in ihrer Berliner Wohnung trägt sie ein tiefer Schlaf durch die Nacht und vergräbt das Vergangene tief.
Wie neugeboren schiebt sie am nächsten Morgen die Vorhänge zur Seite und genießt den Ausblick über die große Stadt. Wie anders sieht sie hier die Welt, keine Berge wie zu Hause, nur Häuser und Straßen, dazwischen die viele Grünflächen, die der Stadt ihren Charme geben.
Liebevoll erschien sein Abschied gestern. Ja, sie wird ihm zusagen, sie will die Reise mit ihm unternehmen. Sie öffnet die Fenster und nimmt teil an dem Lärm der Stadt, der heute früh wie Musik in ihren Ohren klingt.

6

In Nizza landet das Flugzeug knapp über dem Meer, eine lange, weit ins Wasser gebaute Landefläche fängt die schweren Räder auf. Eine überschaubare Ankunftshalle führt sie bald zu Albert, dem Galeristen, der schon auf Robert und sie wartet. Ein kleiner dunkler Mann mit einem Schnauzbart, verschmitzten und lachenden Augen drückt Angela seine Wange entgegen und nimmt ihr das

Gepäck ab. Ein Schwall von Französisch überfällt sie, dem sie nur einige verständliche Worte entnehmen kann, hat sie doch leider zu wenig von dieser Sprache gelernt.

Ein kleiner Citroen führt sie dann durch die belebte Stadt in eine abgeschiedene hügelige Landschaft, eine kurvenreiche Straße findet ihr Ende bei einem kleinen Landhaus aus Backsteinen, umgeben von zahlreichen bunten Blumen. Albert fährt schnell in eine Parknische, trällert ein französisches Willkommenslied und lädt seine Gäste ins Haus. Französisches Flair, ein reich gedeckter Tisch im Erdgeschoß, oben die Schlafzimmer. „Leider", meint Albert – Robert übersetzt für Angela – „muss er beiden ein Einzelzimmer geben, seine Zimmer seien für zwei Betten im Raum zu klein. Aber alleine kann es auch schön sein!" Er lacht dabei und verdreht die Augen.
Dass sich die Lösung für die kommenden Nächte so einfach findet, überrascht Angela.

Sie setzen sich an die gedeckte Tafel und Angela bewundert das reichliche Angebot. Es gibt nichts Schöneres als in Frankreich zu essen. Hier scheinen die Menschen ein Stück des Paradieses geschenkt bekommen zu haben.

Einige Gläser Rotwein begleiten die köstlichen Speisen und lassen die Müdigkeit spüren. Nach einem flüchtigen Kuss sucht jeder sein Bett, der Rückzug verläuft schnell. Angela öffnet das Fenster und ein kühler Wind trägt sie in einen tiefen Schlaf. – Ein Schlaf, der sie reisen lässt, weit weg.

In einem Autobus auf ausgesetzten Straßen, vollgefüllt mit Menschen verschiedener Hautfarbe, ein lautes Geplauder, Lärm, der die eigene Stimme verschlingt. Manchmal hält der Bus an, laut setzt er seine Fahrt fort und dröhnt mit hoher Geschwindigkeit durch die gebirgige Landschaft. Und immer wieder eine Haltestelle. Menschen verlassen den Bus. Nur wenige bleiben übrig. Dann – inmitten einer verlassenen Gegend – steigt doch auch jemand ein, ein Mann. Er bleibt an der Tür stehen, mit dem Rücken zu den anderen, hält sich dort fest. Keiner weiß, woher er gekommen ist, man fragt auch nicht. Plötzlich dreht er sich um und blickt zu Angela. Sie erschrickt – es ist Robert! Seine Augen werden immer durchdringender, sein Kopf beginnt zu zittern, zu schwanken, wird rot, blau – und fällt zu Boden.

Angela erwacht. Ihr Nachthemd klebt am Körper. Sie setzt sich auf, starrt vor sich hin. Mit Grauen

sieht sie noch das Bild vor sich, das sich langsam auflöst. Was hat es zu bedeuten? Gibt ihr Körper nun Antworten auf Fragen, die sie schon lange unbewusst bewegen?
Schwer lastet der Traum auf Angela. Sie schlüpft schnell in ihre Kleider und tritt in den Garten. Dort entdeckt sie Albert beim Frühstück. Auch für sie ist alles bereit. Bald erscheint auch Robert und gesellt sich dazu. Den starken Kaffee empfindet Angela wie Medizin für ihre Psyche, nur wieder wach werden, die dunkle Nacht verdrängen.
Erst am Abend wird die Ausstellung eröffnet, bis dahin soll noch eine Fahrt in die bezaubernde Umgebung den Tag füllen. Und als der kleine Citroen die drei durch die Landschaft trägt, glaubt Angela, die gebannt aus dem Fenster blickt, die eine oder andere Gegend schon zu kennen.

7

Die Villa, in der die Vernissage von Robert und anderen Künstlern stattfinden soll, liegt in einer der Prachtstraßen Nizzas, der Avenue de Cimiez, die auf eine leichte Anhöhe führt. Hier reiht sich ein elegantes Haus an das nächste. Ganz in der Nähe liegt das Museè Matisse und das Franziskanerkloster von Nizza. Alleine der Ausblick von

dort soll schon einen Besuch wert sein. Ob sich noch Gelegenheit findet, dort hinzugehen?
Albert, Robert und Angela betreten den Aufgang der Villa. Plakate sind aufgestellt, die die Ausstellung ankündigen. Robert wird als großer Künstler präsentiert. Auch einige andere Namen werden angeführt. Angela liest sie nicht genau, wahrscheinlich kennt sie ja doch niemanden. Sie lässt sich überraschen. In einer großen eleganten Eingangshalle werden sie von bereits anwesenden Gästen herzlich empfangen. Sekt wird angeboten – jeder nippt gerne an dem kühlen Alkohol – der Tag war heiß und hinterlässt noch schwere Wärme, vor allem in den Räumen.
Ein großer Luster in der Mitte des Ausstellungsraumes gibt allem ein feierliches Licht – der Schmuck des Raumes zeigt sich im Übrigen dezent, die Bilder sollen auf diese Weise besser zur Wirkung kommen. Bald stehen sie vor Roberts Werken – abstrakte Farbkompositionen, Stillleben, Frauenportraits – Angela kann niemanden darauf erkennen – architektonische Zeichnungen und verschiedene Landschaften.
Nach einführenden Worten von Albert, der die Künstler in höchsten Tönen lobt, wird noch französischer Wein gereicht. Plötzlich steht Anja Römer vor Angela, auch sie stellt aus. Angela kann

ihre Überraschung nicht verbergen, ihre momentane Verstimmung versucht sie mit einem Glas Wein hinunterzuspülen. „Warum ist sie hier?", fragt Angela Robert. „Weil wir einen gemeinsamen Bekanntenkreis von Galeristen haben", die kurze Antwort.
Angela betrachtet die einzelnen Bilder alleine, sie wird dabei nicht gerne abgelenkt. Es gibt verschiedene Themen und Maltechniken. Roberts Malweise erkennt sie sofort. Rechts von seinem Bildern abstrakte Arbeiten in sehr ausdrucksvollen Farben. Dann religiöse Themen, die sich mit Sinnsuche und Leid auseinandersetzen, eine große Symbolkraft steckt in diesen Arbeiten – der Maler trägt einen ihr unbekannten französischen Namen – Lavalle M.

Angela liebt es, in andere Welten versetzt zu werden, in fremde Gedanken zu gleiten. Ein leichter geistiger Schwebezustand lässt sie ein wenig alles Ungereimte vergessen.
Jetzt die Bilder ihrer Kollegin Anja Römer. Sie befasst sich mit ähnlichen Themen wie Robert, und es hat den Anschein, ob sie sich abgesprochen hätten. Nur unterscheidet sich ihre Malweise von Roberts sehr deutlich. Ihr Pinselstrich ist feiner, die Farben blasser, weicher.

Aus Roberts Bildern spricht mehr Aggression. Beide sehen die Dinge aber vordergründiger, als es Angela empfindet. Unterbewusstsein und Mystik sind Themen, die ihre Arbeit bestimmen. Albert kommt auf sie zu, legt den Arm auf ihre Schultern und sucht eine Bestätigung für seine gute Auswahl. „Très bien, très bien", wiederholt Angela und lächelt ihn aufmerksam an.
Wo ist Robert? Sie geht in den Garten der Villa und setzt sich auf eine der Steinstufen, die hinunterführen. Das Geplauder der Gäste empfindet sie wie ein befremdendes Rauschen hinter ihrem Rücken.
Angela schließt die Augen und versetzt sich suchend in die letzte Nacht. Plötzlich ein sanfter Schlag auf die Schulter, Robert steht hinter ihr. „Wo warst du?", fragt Angela. „In einem Nebenraum, ein kleiner Gedankenaustausch unter den Künstlern."
Der Abend am Meer, inmitten von meist französischen Malern, von Albert und Richard versöhnt Angela. Köstliches Essen, herrlicher Wein und eine lebendige Atmosphäre lassen sie das Leben spüren. Anja Römer hat sich entschuldigt, sie sei privat eingeladen.
Angela bleibt nun mehr Beobachtende. Ihre Gedanken schweifen ab zu ihrem verschwundenen

Bild. Der Traum gestern gibt ihr eine Idee. Sie will sie aber noch reifen lassen.

8

Wieder zurück in Berlin geht jeder seiner Arbeit nach. Für Angela beginnt die Schule, Robert hat Verpflichtungen bei sämtlichen Verlagen. Diese Reise nach Nizza hat sie als Freunde, aber nicht als Geliebte nähergebracht. Sie fühlt sich wieder auf ihren eigenen Weg zurückgeworfen, den sie alleine weitergeht.
Die Suche nach ihrem Bild bleibt erfolglos. Die Polizei in Bozen meint, im Umfeld gäbe es kaum Verdächtige. Die Spur müsste nach Deutschland führen. Sie sollte sich dort nach einem zuständigen Beamten umsehen, der sich dann mit Bozen in Verbindung setzt.
Angela zieht es vor zu warten, sie vertraut auch ihren eigenen detektivischen Fähigkeiten.

In der Schule begegnet sie Anja Römer, man geht sich unauffällig aus dem Weg.
Inzwischen haben die Tage ihre Arbeitsfülle wieder erreicht, die Abende und freien Stunden verbringt Angela in ihrem kleinen Dachbodenatelier, wo sie versucht, ihr Unbewusstes auf die Lein-

wand zu übertragen. Es gelingt ihr noch nicht, die innere Sprache zum Ausdruck zu bringen, denn über ihre tiefen Bilder hat sich ein Schleier gelegt, der sie wie im Nebel taumeln lässt und keine entsprechende Äußerung zulässt.

Ein Anruf Roberts überrascht Angela. Er müsse nach New York, ein Verlag habe ihm für die Textgestaltung von Bildbänden ein großartiges Angebot gemacht. Er würde sich bald wieder melden. Inzwischen müsse sein Haus betreut werden, da wahrscheinlich sein Aufenthalt in den USA eine längere Zeit in Anspruch nehmen würde. Ob sie nicht seine Haushaltshilfe verständigen könne, da er diese nicht erreiche. Angela notiert deren Telefonnummer und verspricht, seiner Bitte nachzukommen. Ihre Stimme wird dabei immer leiser, nüchterner, versiegt beinahe. Ihrer Enttäuschung fügt sie kein Wort hinzu.

Am nächsten Tag erreicht sie eine Einladung von Herrn Hajek zu einem Verlagsfest.

Liebe Angela,
auch wenn Robert nicht anwesend ist, möchte ich dich trotzdem zu meinem Verlagsfest einladen.

Hier treffen sich zahlreiche bildende Künstler, die mit mir zusammengearbeitet haben.
Auch für dich wird das eine oder andere Gesicht beziehungsweise Gespräch von Interesse sein. Ich möchte mich damit für deine schöne Einladung in Bozen bedanken.

Herzliche Grüße
Rainer Hajek

Angela ist sich nicht im Klaren, ob sie im Moment an Robert erinnert werden will. Ob sich dort seine zahlreichen Musen versammeln? Und sie als letzte, die nun vergängliche Züge annimmt? Soll sie sich wirklich diesen Blicken aussetzen? Oder will sie Spuren entdecken, die zu ihrer unglücklichen Geschichte führen? Sie wird darüber schlafen.

Angela betrit das Verlagshaus. Sie stemmt sich gegen die schwere Türe, um sie aufzudrücken. An den Wänden brennen einige Lichter. Ein halbdunkler Raum erstreckt sich bis zu einer Stiege, die abwärts führt. Nichts und niemand gibt ihr einen Hinweis, wohin der Weg führt. Die Stufen der Stiege sind kantig und steil, sie muss darauf achten, dass sie mit ihren hohen Schuhen nicht stürzt. Die Stiege scheint ohne Ende zu sein. Sie kehrt um, ganz ohne Atem steht sie wieder im Foyer. Aber auch jetzt keine Spur von einem Menschen oder Hinweis. Angela beschließt den hier wahrscheinlich einzigen Weg in die Tiefe nochmals zu versuchen. Die Stiege führt steil hinab, es wird dunkler und dunkler. Sie beschleunigt aus Unruhe ihren Schritt, will sie doch endlich an ein Ziel – und da plötzlich ein Licht, ein grelles Licht, das in ihren Augen schmerzt. Ein Mann kommt ihr entgegen – es ist Hajek, seine Augen leuchten stechend grün, sein fratzenhaftes Grinsen wirkt bedrohlich. Und daneben stehen sie, alle Musen, einige glaubt sie zu kennen: Stefanie Hauser, Anja Römer, Lydia Wieland – auch Irmgard aus Innsbruck. In roten, engen, langen Kleidern mit langem Ohrgehänge, alle gleich. Und wie sie Herrn Hajek die Hand reicht, beginnen diese höhnisch zu lachen, immer lauter und eindringlicher. Sie fassen ihre Hände und ziehen sie in ihren Kreis, aus dem sie sich nicht mehr befreien kann. Sie beugen sich über sie und beginnen, ihre Kleider vom Körper zu reißen, bis Angela schließlich nackt in ihrer Mitte steht. Und in diesem Moment fällt ein äußerst grelles Scheinwerferlicht auf sie, was den Eindruck vermittelt, als stünde sie alleine im Raum. Sie will, aber kann nicht schreien. Sie will, aber kann sich nicht bewegen.

Wie gelähmt, erwacht sie. Sie steht rasch auf, öffnet die Fenster, atmet ihre Freiheit ein und wirft die Einladung Hajeks in den Papierkorb. An diesem Morgen verständigt sie noch die Haushaltshilfe Roberts, um ihren vielleicht letzten Auftrag für ihn zu erfüllen. Als diese fragt, ob sie sich auch um die Reinigung der Kellerräume kümmern solle, wird Angela stutzig. Sie weiß nichts von besonderen Kellerräumen.
„Warum Kellerräume?", will Angela wissen.
„Ja weil Herr Markus auf die Sauberkeit dort besonderen Wert legt." Mehr könne sie dazu nicht sagen.
Verbirgt sich hier vielleicht ein Geheimnis? Ein flüchtiger Gedanke Angelas, den sie gleich wieder verwirft.

9

Heute begegnet Angela ihrer Kollegin Anja Römer im Zeichenkabinett. Ob sie ein Gespräch mit ihr sucht? Angela begrüßt sie freundlich, worauf diese sie auf die Einladung Hajeks anredet, über Nizza erzählt und überraschend gesprächig erscheint. Sie möchte Angela sogar zu sich nach Hause einladen, wohne sie doch nicht weit von der Schule entfernt. Angela zögert nicht lange und

sagt zu. „Gleich morgen", fügt Anja Römer noch hinzu, „um 16 Uhr!"
Widerspruchslos und überrascht bleibt Angela zurück. Hat das etwas zu bedeuten?
Anja Römer besitzt ein stattliches Stadthaus in Berlin-Mitte. Ein kleiner Garten mit hohen Bäumen lässt ihr altes Haus geheimnisvoll erscheinen. Mit einem leichten Unbehagen drückt Angela schließlich die Klingel, worauf sich Anjas Stimme durch die Sprechanlage meldet und die Tür geöffnet wird. Ein kleiner Weg führt zu einer Stiege, die ins Haus führt. Sie tritt durch eine mächtige Holztür und wird von Anja ins Wohnzimmer geführt, wo schon Kaffee und Kuchen bereitstehen. Große Fenster geizen nicht mit Licht, ein heller Raum erwartet sie. Bilder überall an den Wänden, Skulpturen auf Böden und Schränken, Stil und Phantasie an jeder Stelle. Welche Pracht, denkt Angela, hier wohnt eine große Künstlerin. Angela nimmt gerne Platz und äußert ihre Freude, mit ihr endlich ins Gespräch zu kommen. Auch Anja setzt sich. Ihr langes dunkles Haar fällt über die Stuhllehne, ihre grünen Augen blicken mit Interesse auf Angela. Ihre zarten Hände hat sie auf den Tisch gestützt, um sich jederzeit wieder zu erheben.
„Nun zum Eigentlichen, was mich veranlasst hat, dich einzuladen. Wir sind Kolleginnen in der

Schule, in der Kunst, genügende Gemeinsamkeiten, uns zu begegnen. Was mich veranlasste, Distanz zu wahren, hat mit Robert zu tun."

Angelas Gefühl bestätigt sich.

„Letzte Woche habe ich erfahren, dass Robert nach New York gefahren ist, um für längere Zeit dort zu bleiben, und das passiert nicht zum ersten Mal. Immer wenn er seine Beziehung zu einer Frau beendet, flüchtet er nach New York. Es fällt schon auf. Er macht sich heimlich und feig aus dem Staub, ohne große Ankündigung. Seine Beziehungen zu Frauen wiederholen sich in der Art und Weise, wie er sie führt. Auch sind es immer sehr ähnliche Typen, die er sich aussucht, meist attraktive Malerinnen.

Das Beziehungsproblem ist nicht der Grund, dich einzuladen, um mich mit dir eingehender zu unterhalten. Es handelt sich noch um etwas anderes."

Angela blickt gespannt auf Anja. Welche Befürchtung könnte sich jetzt noch bestätigen?

„Ich bin mit sämtlichen Freundinnen beziehungsweise Exfreundinnen ins Gespräch gekommen und habe etwas sehr Merkwürdiges erfahren, was sich während jeder Beziehung wiederholt hat. Ich weiß nicht, ob du auch schon davon betroffen bist."

„Wovon, worum handelt es sich?", wirft Angela dazwischen.

„Es geht um Bilderdiebstahl! Bei jeder Freundin gab es während der Beziehung mit Robert einen Bilderdiebstahl. Und es handelte sich immer um das Lieblingsbild der jeweiligen Malerin."
Angela verschlägt es die Sprache. Sie will im Moment nichts sagen. Dass alles mit Robert zusammenhängt, hat sie schon vermutet, aber doch nicht in diesem Ausmaß.
„Es sind Bilder, die zwar auf dem Kunstmarkt keine hohen Summen erzielen, jedoch für die betroffene Künstlerin einen besonderen Wert darstellen. Es handelt sich also auch um einen finanziellen, aber mehr noch um einen ideellen Wert. Den jemandem zu entwenden, spricht von eiskalter Gemeinheit. Ich will dich warnen. Falls du ein Bild besitzt, das dir sehr viel bedeutet, bringe es in Sicherheit, sonst geht es dir wie allen anderen."

Angela starrt vor sich hin. Wie sie sich in die Liste der Frauen um Robert einreiht, unverwechselbar!
„Was mit den Bildern geschieht, wissen wir nicht. Nach verschiedenen Ermittlungen, die ich angeordnet habe, sind am Kunstmarkt noch keine von den gesuchten Bildern entdeckt worden. Vielleicht

befinden sie sich in einem Privatbesitz, vielleicht in Übersee, wer weiß?"
Angela schweigt zuerst. Ihre Erschütterung legt sich über ihre Worte. Sie versucht sich zuerst, mit einem Stück Kuchen zu beruhigen, ihre Nerven zu stärken.
„Nun bin ich an der Reihe, dir zu antworten, von mir zu erzählen. Auch mir wurde bereits mein Lieblingsbild „Geld und Gier" entwendet, und zwar an dem Tag, an dem du deine Vernissage in Bozen hattest. Mein Verdacht fiel auf alle, die sich im Umkreis von Robert bewegten oder mit ihm zu tun hatten."
Anja lacht. „So etwas Verrücktes! Aus welchem Grund sollte jemand aus seinem Freundeskreis ein Bild stehlen! Aus Eifersucht? Nein, das wäre zu kindisch. Außerdem liegt meine Beziehung schon zwei Jahre zurück, sie ist vorbei. Ich erinnere mich an diesen Julitag, es war, glaube ich, der 28ste. Ein heißer, schöner Sommertag, der mit einem heftigen Gewitter endete. Alle kamen kurz vorbei, Robert, Hajek, seine Sekretärin und Stefanie Hauser. Die blieb länger, weil wir uns näher kennen und noch einiges zu besprechen hatten. Aber dann fuhr auch sie zu der angeblich neuen Freundin von Robert. Wir alle haben uns damit abgefunden,

dass es mit ihm vorbei ist, keine von uns würde aus Eifersucht handeln.
Wir sehen ihn als einen problematischen Mann, beziehungsgestört, weil von Ängsten besetzt, immer die Verbindung zu Frauen wieder zerstörend, um sie nicht zu innig werden zu lassen. Im Grunde braucht er keine Frauen, sie sind wahrscheinlich nur Mittel zum Zweck, zu welchem auch immer."

Angela wird nun einiges klar. Die getrennten Zimmer in Nizza, keine Versuche, die Nächte mit ihr zu verbringen, die Flucht vor ihrer Nähe und vieles mehr.
„Es ist ein Mann, der Frauen benötigt, um vor ihnen davonzulaufen. Auch wenn es verrückt klingt, es ist so."

Aber warum verschwinden Bilder? Angela beteuert, dass sie die Suche danach beinahe schon aufgegeben habe. Die Polizei in Bozen sei auf keine Spur gekommen.
„Dann werden wir ihnen weiterhelfen", sagt Anja. „Wir werden aufklären, wohin die Bilder verschwinden, bevor noch sämtliche andere Malerinnen enttäuscht werden."

„Wir werden behutsam vorgehen", meint Angela, „vielleicht kann die Polizei in New York ermitteln? Ich werde mich mit meinem italienischen Kommissar noch einmal in Verbindung setzen und dir dann Bescheid geben."
„Bevor du gehst, möchte ich dir noch mein Atelier im Keller zeigen. Ein herrlicher Rückzugsort, der allen verborgen bleibt."

Auf dem Heimweg, den Angela zu Fuß unternimmt, versucht sie sich das Gespräch noch einmal ins Gedächtnis zu rufen, wobei es zwei Worte immer wieder durchkreuzen, „Keller" und „verborgen".
Schweren Herzens gibt sie an diesem Abend bald der Müdigkeit nach und setzt sich der Gefahr aus, in neue Traumwelten zu stürzen.

Angela wird von ihrem Geliebten ins Bett getragen. Es ist ein Himmelbett, in das er sie legt. Er küsst sie zum Abschied, da er weit verreisen muss und meint, sie könne in seinem kleinen Schloss schalten und walten, wie sie wolle, es werde länger dauern, bis er zurückkehre. Aber eines dürfe sie nicht, den Keller betreten, das verbiete er ihr. Angela bleibt alleine in ihrem paradiesischen Gefängnis. Aus Langeweile und Neugier erkundet sie die vielen Räume des Schlosses, einer ist kostbarer als der andere. Sie schwebt regelrecht über einem goldenen Boden. Tage vergehen, sie ist einsam. Der Keller weckt ihre Neugier. Er muss es ja nicht erfahren, wenn sie einen kurzen Blick hineinwirft. In der kommenden Nacht wird sie den Versuch wagen, wenn sich alle Angestellten des Hauses zurückgezogen haben. Niemand darf nur irgendetwas merken.

Am nächsten Abend sitzt sie schon bereit, von ihrem Vorhaben will sie nicht mehr lassen. Als es ruhig und dunkel im Haus ist, geht sie leise aus ihrem Palastzimmer, den langen Gang entlang, viele Stufen hinab. Sie stößt an eine kleine Türe, die zu öffnen keine Schwierigkeit bereitet. Dahinter befindet sich ein langer, unterirdischer Gang, der ihr Angst einflößt. Soll sie es wagen? Die Tür hinter ihr fällt ins Schloss, sie kann nicht zurück. Was soll sie tun? Nur noch vorwärts ist es möglich und sie setzt in völliger Dunkelheit vorsichtig einen Schritt vor den nächsten. Sie glaubt, lange zu gehen, bis sie plötzlich an eine dicke Eisentür stößt. Das muss er sein, der Keller, vielleicht gibt es dort Fenster oder irgendeine Lichtquelle? Ein Schlüssel steckt in der Eisentür, er lässt sich kaum bewegen, Angela rüttelt, dreht, rüttelt und plötzlich – sie erschrickt, schreit laut – fällt die schwere

Türe auf sie. Bevor die Türe sie berührt, erwacht sie.

Sie richtet sich auf, sie will ihn von sich schütteln, diesen Traum, aber er liegt noch schwer auf ihr, auf ihren Gedanken, ihren Gefühlen, wie ein unerträgliches Gewicht.
Psychoterror – geht es Angela durch den Kopf – alles um Robert führt nur dazu! Diese sanfte undurchsichtige Zurückhaltung, das plötzliche Verschwinden, diese zahlreichen Beziehungen, die ähnlichen Verhaltensweisen, das Verschwinden von Bildern. Lange ist die Liste der Angstauslöser! Vielleicht meldet er sich bald, steht wieder vor ihrer Tür und alles ist gut!
Aber die Vergangenheit holt ihn ein und nimmt sie mit. Unrecht, das gesät, kommt zurück, vervielfacht sich, will gesühnt werden.
Angela will aber Frieden, keine Sühne – sie möchte diesem Konflikt am liebsten ausweichen.
Schließlich versucht Angela noch einmal, sich mit ihrem Kommissar in Verbindung zu setzen. Ob sie nicht nach Bozen kommen könne, um in Ruhe mit ihm darüber zu sprechen? Es wäre auch eine Gelegenheit, ihre Mutter wieder zu besuchen, die ihre Kur schon lange beendet hat.

10

Bevor sie aber Berlin verlässt, hat sie noch einen Plan. Sie wird Roberts Haus heimlich aufsuchen. Am nächsten Tag nimmt sie sich nach der Schule ein Taxi und lässt sich zu Roberts Adresse führen. Sein Haus liegt ein wenig außerhalb von Berlin, Richtung Potsdam. Sie hat bisher nie auf die Lage geachtet, da sie immer mit Robert fuhr und mit ihm beschäftigt war. Jetzt erst fällt ihr auf, dass es das letzte Haus in einer abgelegenen Straße ist, wobei ausladende Ahornbäume eine Seite verdecken. Angela bittet den Fahrer, auf sie zu warten, sie hätte nur einen kurzen Weg.
Angela nähert sich zögernd dem Haus, sie will natürlich von niemandem gesehen werden, daher bleibt sie in einiger Entfernung stehen. Der Eingang ist ihr vertraut. Aber die Rückseite? Sie geht langsam zu den Ahornbäumen und tritt durch hohes Gras. Ein großer Strauch ziert zusätzlich dieselbe Hauswand, die hinter den Bäumen liegt. Sie biegt einige Äste zur Seite und entdeckt eine kleine Stiege, die sie hinuntergeht. Sie stößt an eine schwere, versperrte Eisentür. Daneben fünf Fenster mit heruntergelassenen Jalousien. Angela kann nichts erkennen. Dahinter müssten die Kel-

lerräume liegen, auf die Robert so großen Wert legt.
Angela zweifelt wieder an ihrem Verdacht eines geheimnisvollen Archivs. Eine Haushaltshilfe könnte doch bei besonderen Werten keinen Zugang haben. Wahrscheinlich besitzt sie zu viel Phantasie.

Drei Tage später erreicht sie nach einer langen und anstrengenden Zugfahrt Bozen. Ihre Mutter empfängt sie mit großer Freude und nimmt regen Anteil an dem Leben ihrer Tochter.

Bald, am nächsten Morgen, betritt Angela das Büro von Dottore Faletti, ihr Vertrauen zu diesem Beamten ist groß.
„Wollen Sie wieder ein Glas Cognac? Es wird Ihnen guttun. Schwere Dinge muss man mit harten Getränken hinunterspülen."
„Gerne nehme ich ein Glas."
Nun, ich habe recherchiert, auf Ihre Bitte hin. Die Vorwürfe der betroffenen Frauen hinsichtlich des Bilderdiebstahls sind für Herrn Markus sehr belastend. Leider fehlen uns eindeutige Beweise, bis jetzt kann man nur von Vermutungen sprechen. Die Polizei in New York hat Herrn Markus ausfindig gemacht. Er wohnt derzeit bei einer Frau

mittleren Alters, die ein Kunstatelier besitzt. Er wirkt angeblich völlig unauffällig, auch ein Verkauf von Bildern seinerseits konnte nicht beobachtet werden.
Also wieder eine neue Muse oder eine wiederum erneute, seufzt Angela. Sie erzählt dem Beamten auch noch ihren Verdacht mit den Kellerräumen.
„Möglich, dass hier der Schlüssel für die Lösung des Falles liegt, aber wie sollen wir ohne Beweise einen Durchsuchungsbefehl verordnen? Ich glaube, wir müssen noch warten.
Angela erhebt sich enttäuscht und bedankt sich.

11

Wieder in Berlin begibt sich Angela auf einen Stadtspaziergang, um die Großstadt auf sich wirken zu lassen. Die Nachricht über Robert hat sie trotz allem doch sehr getroffen. Und wenn die Einsamkeit zu schmerzen beginnt, gibt es für sie ein Gegenmittel, sich unter Menschen zu begeben. Sie lässt sich zuerst von dem Leben in der Stadt treiben, betritt das eine oder andere Geschäft, nimmt da und dort einen kleinen Kaffee, bis sie sich schließlich für ein Museum entscheidet, für ihre Lieblingsbilder im Nationalmuseum, wie zum Beispiel die Bilder von Caspar David Friedrich, von Karl Friedrich Schinkel oder Arnold Böckls Toteninsel. Durch den kleinen Ausflug in eine andere Welt gleitet sie wieder sanfter in die Wirklichkeit.

Das Haus Roberts lässt sie nicht mehr los. Eine Notlüge scheint ihr unumgänglich. Sie will die Haushaltshilfe erreichen und fragen, wann sie sich dort aufhalte. „Gleich morgen", bekommt sie zur Antwort. Sie hätte ihr im Auftrag Roberts ein Geschenk vorbeizubringen. „Ja", meint die Hilfe, sie würde auf sie warten.

Am nächsten Tag läutet Angela an der Haustüre von Robert, einen großen Pralinenkasten unter dem Arm. „Grüße von Herrn Markus und ein Dankeschön für die große Verantwortung sich in seiner Abwesenheit um das Haus zu kümmern", sind ihre Worte, als sie die Türe öffnet. Gleich wird sie ins Haus gebeten und zu einer Tasse Kaffee eingeladen. Angela kommt auf die Kellerräume zu sprechen, die sie schließlich auch besichtigen kann. Kurz dürfte sie hineinsehen, es gäbe dort viele Bilder, die Herr Markus noch fertigstellen wolle. Daher müsse sie sehr sorgfältig sein, die Temperatur richtig einstellen, dass nichts beschädigt würde. Angela versucht Bilder zu erkennen, kann aber auch nur begonnene Arbeiten sehen.

Also doch ein falscher Verdacht, Einbildung, Traumphantasie. Am besten, sie beschäftigt sich nicht mehr damit. Soll doch Anja Römer diesen Fall weiter verfolgen!

12

Wochen vergehen. Die Schule nimmt ihren Lauf. Manchmal begegnet sie Anja und sie sprechen sich tröstende Worte zu – in dem Sinn – „Der Krug geht so lange zum Brunnen, bis er bricht".

Ein Sonnentag im Oktober und ein Anruf für Angela. Irmgard meldet sich am Handy. Sie sei mit einer Schulklasse zufällig in Berlin. Angela sagt zu, sie am Nachmittag in der Nähe der Museumsinsel in einem Café zu treffen. Irmgard will gleich alles über Robert wissen. Aber Angela lenkt immer wieder von diesem Thema ab. Sie will nicht darüber sprechen. Angela zeigt Irmgard schließlich, was sich in Berlin zu besichtigen lohnt. Ein kleiner Austausch, ein kleiner Kaffee. Dann macht sich die Freundin wieder auf den Weg, einen zufriedenen Eindruck hinterlassend.
Die Vergänglichkeit, die uns der Herbst besonders sichtbar macht, erlebt Angela nun greifbar nahe.

Wer hätte gedacht, wie schnell sich alles ändert, vorbeigeht, aus dem Blick verschwindet. Noch hängen viele Blätter an den Bäumen, ihre Farbe haben sie schon geändert, nicht mehr lange und sie fallen, wie alles fällt. Noch fühlt sie sich nicht wie ein Blatt, das fällt, aber beinahe. In ihr regt sich noch eine wenig Kraft und Zuversicht, aber nur eine trügerische. Auf langen Spaziergängen an der Spree geht sie ohne Ziel, immer sich Fragen stellend. Wie weit können wir unser Schicksal beeinflussen, was fällt uns zu? Jemand, der völlig unschuldig einem Unglück begegnet, dem ist es doch einfach zugefallen. Oft tragen wir natürlich auch bei, wie wir uns entscheiden oder verhalten, wie etwas in uns angelegt ist. Liegt es doch an ihr, wie sich ihr Leben entwickelt hat?
Es ist wie ein Fortlaufen aus Bisherigem und der Wunsch, erneut anzukommen. Jeden Tag ein weiterer Versuch.
Angelas Gottvertrauen lässt sie zur Ruhe kommen. Darin liegt ihre Hoffnung, auch die Bereitschaft, anzunehmen, was geschieht. Der Anblick der vergänglichen und doch wunderbaren Natur lässt sie eine innere Weite spüren, überzeugt sie, letztendlich Teil eines Großen zu sein.
Als sie sich erneut zwischen Vergangenem und Zukünftigem bewegt, in dem Gedanken alles hin-

ter sich zu lassen und neu zu beginnen, eine gesammelte Ruhe sie begleitet und auch eine gewisse Zufriedenheit, den Weg weiterzugehen, erreicht sie ein Anruf am Handy, das sie diesmal versäumt hat, auf ihrem Spaziergang auszuschalten.

„Dottore Faletti aus Bozen!"
„Ja, was gibt es?"
„Ich habe eine interessante Nachricht für Sie! Stellen Sie sich vor, im zuständigen Polzeikommissariat von New York ist eine Anzeige wegen Bilderdiebstahls eingelangt. Es soll aus der Galerie der Bekannten ihres Freundes entwendet worden sein. Herr Markus wird verdächtigt, hat aber das Land schon verlassen. Nun haben wir doch einen Grund für einen Durchsuchungsbefehl. Die Geschichte bewegt sich!"

„Ich habe in seinem Keller nachgesehen – die Haushälterin hat es mir gestattet – und nichts Verdächtiges entdecken können", erwidert Angela schnell.
„Man weiß nie, welche Anhaltspunkte doch noch nützlich sein können", setzt der Kommissar fort, „wir warten noch, ob er in sein Haus zurückkehrt. Dann lässt sich alles leichter durchführen. Wenn das nicht der Fall ist, müssen wir anders vorgehen.

Ich habe die zuständige Polizei in Berlin schon verständigt."
„Danke, Dottore Faletti, Sie sind eine Perle!"

Es ist, als sei sie auf einem harten Boden aufgeschlagen und alle ihre Gedanken hätte eine Wolke fortgetragen.
Wieder vergehen Tage mit innerer Unruhe, dass Robert plötzlich vor ihrer Tür stehen könnte.
Keiner weiß bis jetzt wirklich Genaues. Robert wird verdächtigt, aber kein Beweis bisher hielt stand. Das ständige Grübeln über Gewesenes, Gesagtes, Gedachtes, Kommendes gibt ihr das Gefühl, krank zu sein. Ein Kopfweh begleitet sie schon tagelang. Und so verlässt immer wieder ihr Zuhause, da ihr das Arbeiten unter diesen Umständen schwer fällt.
Als sie sich wieder einmal aus ähnlichen Gründen in der Stadt aufhält, besucht sie ein kleines Lokal in einer Nebenstraße der Innenstadt, eigentlich ein Abrisshaus, das wegen seiner Romantik noch erhalten bleiben soll. Wie in einer anderen Welt sitzt man hier – altes Gemäuer, in der die Zeit zum Stillstand gekommen zu sein scheint. So wie sich die Pflanzen um die alten Steine ranken, so werden hier ihre Träume und Phantasien lebendig. Ein Kellner bedient mit freundlicher Gelassenheit.

Leute kommen und gehen. Immer wieder wechseln am Nebentisch die Gäste, sodass Angela manchmal hinsieht. Dabei bemerkt sie plötzlich einen Mann am Lokal vorbeigehen, der Robert sein könnte. Sie legt das Geld für ihr Getränk auf den Tisch und läuft diesem hinterher. Die Verfolgung zeigt sich schwierig, wenn der andere nichts bemerken soll. Bald ist sie sich ganz sicher, es ist Robert. Sie verständigt gleich die Polizei, die sofort sehr bereitwillig Beamte zur Beobachtung zu seinem Haus schickt.
Inzwischen sucht sie noch Anja auf und bittet sie, sich bei ihr ein wenig beruhigen zu können. Es rege sie alles schrecklich auf. Zur Stärkung der Nerven schenkt Anja ihr ein Glas Cognac ein, bis sie nach einer angenehmen Stunde ihr Haus wieder verlässt und nun unbefangener in ihre Wohnung zurückkehrt

Drei Tage später meldet sich am Handy wieder der Kommissar aus Bozen bei Angela.
„Ich habe Neuigkeiten für Sie. Setzen Sie sich hin. Es wäre besser. Der Fall ist beinahe geklärt."
„Wie das, so schnell!"
„Nun ja. Genaueres können Sie noch später erfahren. Aber jetzt zum Wichtigsten. Ihr Anruf, dass sich Herr Markus in Berlin aufhält, hat der

Polizei sehr geholfen. Er wusste anscheinend nicht, dass die New Yorker Polizei mit uns in Verbindung getreten ist und kehrte arglos in sein Haus zurück, ein wenig naiv, finden sie nicht? Also. Die Polizei hat den Durchsuchungsbefehl erhalten und ging dem nach. Am ersten Tag war die Suche nicht erfolgreich. Sie überlegten schon, ob sie alles abbrechen sollen. Trotzdem kam Herr Markus vorerst in Untersuchungshaft, auch wenn sein Anwalt große Drohungen aussprach. Am nächsten Tag geschah dann das Überraschende. Im Keller wurde zuerst wirklich nichts Verdächtiges gefunden. Aber dann stieß man auf eine kleine Tür hinter einem Kasten mit dem Schild Hochspannung – Starkstrom, also kein Grund zu öffnen. Die Beamten überprüften aber auch diese Tür genau. Es war nicht einfach, das Schloss aufzubrechen. Und was glauben Sie, was sie dort fanden – ?
Eine Stiege, die tief abwärts führt, einen längeren dunklen Gang, der bei einer schweren Eisentüre endet. Diese Panzertür schien beinahe unaufsperrbar, aber die Kollegen haben es schließlich doch geschafft. Dahinter wieder eine Stiege und dann ein riesiger Bunkerraum, gut beleuchtet und angenehm warm – wahrscheinlich eine Heizungsvorrichtung.

Was glauben Sie, was die Beamten dort fanden! Zahlreiche Bilder hingen an den Wänden, unter jedem ein Foto und der Name der Malerin. Ein richtig gut präparierter Aufbewahrungsraum für alle Bilder der Exfreundinnen! Ist das nicht eine Überraschung?

„Ich habe es geahnt, dass der Keller etwas damit zu tun hat! Aber ist es nicht verrückt, die Bilder der Freundinnen zu stehlen und sie alle so verschlossen und unzugänglich aufzubewahren?"

„Ja, ein wenig krankhaft würde ich sagen… Herr Markus wird noch in Untersuchungshaft bleiben, bis das Gericht entscheidet. Dann werden alle Bilder zurückerstattet werden."

„Und glauben Sie, dass auch ein Gutachten erstellt wird, warum Herr Markus so gehandelt hat, aus welchen Motiven heraus?"

„Sie meinen, ein psychologisches Gutachten? – Das ist wahrscheinlich. Sie hören wieder von mir."

„Danke, Dottore Faletti, vielleicht sehen wir uns bald in Bozen!"

Nicht immer hat Angela den nächsten Besuch bei ihrer Mutter in Bozen so herbeigesehnt wie dieses Mal. Ihre Vermutungen schürten ständig die Neugierde, ob ihre Einschätzung Roberts den Tatsachen entspräche. Ein Mann, der jeder Freundin

ein Bild stiehlt und es im tiefen Keller aufbewahrt
– als Erinnerung, als Teil von ihr, als Ersatzbefriedigung, als Trophäe? Und dass diese Sammlung kein Ende nimmt, so wie die wechselnden Beziehungen immer weitergehen. Eine Frage steht im Raum, die ausführlicher beantwortet werden will.

13

Dezember, kurz vor Weihnachten

Das Feuer im Kamin brennt lichterloh. Die Wärme durchflutet das ganze Haus. Die Mutter Angelas sitzt in ihrem Ohrensessel und wartet auf ihre Tochter, die in der Küche Verschiedenes vorbereitet. Sie zündet inzwischen eine Kerze an, lehnt sich in ihrem gemütlichen Stuhl zurück, glücklich, nicht alleine zu sein. Auch dass sich die Angelegenheit Angelas endlich geklärt hat.
Angela setzt sich neben ihre Mutter, schenkt Kaffee ein und schneidet jedem ein Stück des Weihnachtkuchens ab. Sie genießen das Zusammensein in wohliger Wärme und ruhiger Abgeschiedenheit. Die Geschichte mit Robert kennt die Mutter bereits, aber nicht das Gutachten, das Dottore Faletti Angela im Vertrauen geschickt hat. Er meint, es

stehe ihr zu, in diesem Fall mehr Einblick zu haben. Ihre Mutter dürfe natürlich davon erfahren.

Die Mutter zeigt sich ungeduldig, als Angela das Vorlesen des Gutachtens noch hinauszögert. „Nun lies doch endlich, es interessiert mich, was ein Psychologe zu diesem Mann und seiner Handlungsweise sagt." Angela nimmt das Schreiben zur Hand, das sie sich bereits zurechtgelegt hat und betont, nur Ausschnitte lesen zu können, da sich das Gutachten über viele Seiten erstreckt. Sie versuche, das Wichtigste und für sie Verständlichste auszuwählen. Ihrer Mutter zuliebe spricht sie sehr laut und deutlich:

Das Gericht muss das psychologische Gutachten berücksichtigen und eine entsprechende Entscheidung treffen. Diese wird in den nächsten Monaten stattfinden.
Psychologisches Gutachten über Herrn *Robert Markus:*
… Bei Robert Markus hat man eine ausgeprägte schizoide Persönlichkeitsstörung diagnostizieren können. Nach einem häufigen Beziehungswechsel die Bilder der betroffenen Freundinnen noch zu entwenden und in einem schwer zugänglichen Bunker aufzuhängen mit Bild und Namen, sie

aber versperrt und versteckt zu halten, wirft ein eigenartiges Bild auf Herrn Markus. Daraus ist zu schließen, dass Herr Markus seine Beziehungen aufgrund einer Persönlichkeitsstörung auf diese Weise zu bewältigen versuchte, indem er jede einzelne Freundin in seinem Bunker sozusagen „lebendig" erhielt. Damit verwandelte er sein eigentliches Scheitern in einen Erfolg und übte damit gewissermaßen Macht über seine „Opfer" aus.
Die Biografie von Robert Markus reiht sich typisch in die Geschichten der von dieser Störung betroffenen Personen.
Herr Markus ist der Sohn eines Schriftstellers und einer Schauspielerin, die beide wenig Zeit für ihr Kind aufbringen konnten. Die Kindermädchen und Haushälterinnen wechselten häufig, sodass ihm als Kind eine gleichbleibende Bezugsperson fehlte. Als sich dann die Eltern scheiden ließen, war er gerade 6 Jahre alt. Er wurde dem Vater zugesprochen, der sich aber nicht viel um ihn kümmerte. Dieses Alleingelassen-Sein in frühester Kindheit erzeugt Ängste und Verletzlichkeit. Ein sensibler Mensch, – und das ist Herr Markus offensichtlich als Schriftsteller und Maler –, lässt sich dann in solcher Ausgesetztheit gefühlsmäßig immer weniger erreichen und baut sich einen Schutzwall, wo Gefühle nur noch schwer durch-

dringen können. Später zeigten sich seine Ängste vor allem bei Beziehungen, besonders jenen mit Frauen. Eine Frau zu lieben, hieße sich auszuliefern, seine Gefühle offenzulegen. Da dies aber mit großen Ängsten besetzt ist, werden die Gefühle zurückgehalten. Ängste entstehen, wenn ihm eine Frau zu nahe kommt, die bis zu Ängsten vor einer Impotenz reichen. Deshalb gibt es bei diesen Personen oft einen unverständlichen Rückzug. Mit dieser Neigung zur Autarkie und dem Ausweichen vor Nahkontakten ist aber ein Kreisen um sich selbst, ein unvermeidbarer Egoismus verbunden, der eine Isolierung herausfordert. Wenn diese Angst überhandnimmt, eine unerträgliche Innenangst entsteht, kann es durch Anhäufung dieses Zustandes über längere Zeit zu einer Psychose kommen, zu einem ver-rückten Zustand. Ein gewisser Autismus führt zu einem starken Rückzug, eine Unmöglichkeit, sich in andere Menschen hineinzuversetzen. Auch das Verletzen anderer wird nicht wirklich wahrgenommen.

Dem öffentlichen Auftreten von Herrn Markus ist kaum etwas einzuwenden. Er wirkt umgänglich und höflich. Wenn er auch ein gebildeter Mann ist, der sich in der Kunst einen Namen gemacht hat, so entspricht sein Gefühlsleben leider lange

nicht seiner geistigen und künstlerischen Entwicklung.
Herr Markus muss auf jeden Fall einer psychotherapeutischen Behandlung zugeführt werden…

Hochachtungsvoll

Dr. med. Hans Schneider
Psychotherapeut

„Nun stellt sich noch die Frage, wie dein Bild verschwunden ist, die Art und Weise, wie es gestohlen wurde?" Die Mutter möchte auch gerne noch diesen Umstand erfahren.
„Aus diesen Unterlagen geht darüber nichts hervor, ich könnte aber Dottore Faletti anrufen, ich wollte ihm ohnehin für die Übermittlung des Gutachtens danken.
Angela wählt schnell die Nummer des Präsidiums. Welch Glück, Dottore Faletti nimmt den Anruf entgegen.
„Herzlichen Dank für das Gutachten, es ist für mich sehr aufschlussreich. Ich vermisse nur noch eine Information, um die ich Sie bitten würde. Und zwar jene, wie es Herrn Markus gelungen ist, mein Bild mitzunehmen?"

„Warten Sie einen Moment. Sie haben Glück, da ich kurz vorher Ihren Akt gerade durchgesehen habe. Er liegt noch neben mir. Ich bin mir sicher, es gibt eine Aussage von Herrn Markus."
Angela wartet, dann, nach kurzer Zeit, meldet sich Dottore Faletti wieder.
„Ich habe den Bericht über die Aussage gefunden, ich lese ihn vor:

Herr Markus gibt an, dass er am 28sten Juli dieses Jahres bei Angela Sonari bis zum Abend eingeladen war. Nachdem er, Herr Hajek und dessen Sekretärin ihr Haus verlassen haben, seien sie mit dem Auto durch die Stadt Bozen gefahren. Auf dem Weg sei Herrn Markus eingefallen, dass er seine Sonnenbrille bei Angela S. vergessen habe, so seien sie noch einmal umgekehrt. Sie hätten vor dem Haus von Angela S. geparkt, Herr Markus sei dann noch einmal hineingegangen, die beiden anderen hätten im Auto gewartet. Nachdem Angela S. die Tür nicht geöffnet hätte, sei Herr Markus durch ein offenes Fenster eingestiegen, habe dann im Wohnzimmer Angela S. schlafend im Sessel vorgefunden. Seine Brille sei noch auf dem Tisch gelegen. Obwohl ein starkes Gewitter herrschte, habe er sich über die offenen Fenster gewundert, wollte aber Angela S. nicht aufwecken. Er habe

aber dann der Verlockung nicht widerstehen können, ihr Bild aus dem 2. Stock zu holen und mitzunehmen. Er hätte dann das Bild in ein Tischtuch eingewickelt, damit es nicht beschädigt würde. Herr Hajek und seine Sekretärin haben vermutetet, Angela S. habe ihn gebeten, das Bild nach Berlin mit dem Auto mitzunehmen, da der Transport auf diese Weise leichter wäre."
„Wie man sich in einem Menschen täuschen kann! – Nochmals vielen Dank für Ihre ausgezeichnete Betreuung! Darf ich Sie als kleines Dankeschön in den nächsten Tagen zum Essen einladen? Meine Mutter und ich würden uns sehr freuen."
„Herzlich gerne! Bis bald!"

Es läutet. Angela legt das Handy und das Gutachten zurück auf den Schreibtisch des Nebenzimmers und öffnet. Irmgard steht vor der Haustüre, mit einem Weihnachtsgeschenk. Sie überreicht ihr ein Buch mit dem Titel „Geglückte Beziehungen". Unpassender kann dieses Geschenk im Moment nicht sein. „Danke Irmgard, aber möchte ich mich jetzt mit solchen Themen nicht beschäftigen, behalte es für dich. Vielleicht ein anderes Mal." Irmgard wirkt überrascht und enttäuscht über diesen Empfang. Sie verweilt noch, schweigend, ihre Augen stellen Fragen. Angela will sie aber doch nicht im Ungewissen stehen oder gehen lassen. „Ich lebe jetzt wieder alleine, ich bleibe hier in Bozen, bald", entgegnet sie den unsicheren Blicken. Die Mutter strahlt „bald! Und hoffentlich haben die Männerprobleme endlich ein Ende! Man kann auch ganz gut alleine leben!"

Zwischen Hoffen und Bangen
kleidet der Tag
meine Gebrochenheit
in elegante Gewänder

und lege ich abends
diese beiseite
erkenne ich
das dunkle Auge
der Nacht

Biografie

Ingeborg Kraschl, geb. in Linz/D, lebt in Bergheim bei Salzburg. Germanistik- und Sportstudium, Professorin an höheren Schulen in der Stadt Salzburg; schreibt Lyrik und Prosa.
Veröffentlichungen in Anthologien und Literaturzeitschriften (arovell 2003 und 2005, Themenheft 2012 des Österr. Schriftstellerverbandes);
Rückkehr (Erzählungen, arovell, 2010)

Arovell Bücher Auswahl

Peter Assmann, Verzögerte Verführung - Prosa
ISBN 9783902808547 Buchnummer g854
arovell verlag gosau salzburg wien 2014

Ernst Bieber, Familienzoo - Roman
ISBN 9783902808530 Buchnummer g853
arovell verlag gosau salzburg wien 2013/2014

Jürgen Heimlich, Wunschfrei - Erzählung
ISBN 9783902808578 Buchnummer g857
arovell verlag gosau salzburg wien 2014

Dietmar Horst, Das Geheimnis des großen Jägers
ISBN 9783902808585 Buchnummer g585
arovell verlag gosau salzburg wien 2014

Paul Jaeg, Dialektwörterbuch Salzkammergut -
ISBN 9783902808523 Buchnummer h852
arovell verlag gosau salzburg wien 2013/2014

Bruno Jaschke, Im Arsch daheim - Prosa
ISBN 9783902808592 Buchnummer g859
arovell verlag gosau salzburg wien 2014

Günter Giselher Krenner, Abseits der Spur -
ISBN 9783902808608 Buchnummer g860
arovell verlag gosau salzburg wien 2014

Eva Löchli, Wissen sie denn, was sie tun?
ISBN 9783902808615 Buchnummer g861
arovell verlag gosau salzburg wien 2014

Peter Miniböck, Die Unschuld des Verleumders -
ISBN 9783902808622 Buchnummer g862
arovell verlag gosau salzburg wien 2014

Fritz Popp, Chronisch grantig - Satiren
ISBN 9783902808646 Buchnummer g846
arovell verlag gosau salzburg wien 2014

Peter Reutterer, Unter dem Himmel und in Berlin
ISBN 9783902808653 Buchnummer g865
arovell verlag gosau salzburg wien 2014

Christian Schwetz, mails & love - Roman
ISBN 9783902808677 Buchnummer g867
arovell verlag gosau salzburg wien 2014

Gerhard Steinlechner, Ernsts Fall - Roman
ISBN 9783902808684 Buchnummer g868
arovell verlag gosau salzburg wien 2014

Christian Wiesinger, Neues Land - Roman
ISBN 9783902808554 Buchnummer g855
arovell verlag gosau salzburg wien 2014

Erich Wimmer, Fiel Sonne - Roman
ISBN 9783902808660 Buchnummer g866
arovell verlag gosau salzburg wien 2014

Ingeborg Kraschl, Die Meistergeige, Kriminalgeschichte,
ISBN 9783902808738 Buchnummer g873
arovell verlag gosau salzburg wien 2014
www.arovell.at © arovell verlag